공동 전인 共同專人

설경구 新무협 판타지 소설

FANTASTIC ORIENTAL HEROES

공동전인 8

설경구 新무협 판타지 소설

초판 1쇄 찍은 날 § 2009년 11월 20일
초판 1쇄 펴낸 날 § 2009년 11월 26일

지은이 § 설경구
펴낸이 § 서경석

편집장 § 문혜영
편집책임 § 정서진
편집 § 서지현 · 주소영

펴낸곳 § 도서출판 청어람
등록번호 § 제1081-1-89호
등록일자 § 1999. 5. 31
어람번호 § 제2-1846호

주소 § 경기도 부천시 원미구 심곡2동 163-2 서경B/D 3F (우) 420-822
전화 § 032-656-4452 팩스 § 032-656-4453
http://www.chungeoram.com
E-mail § eoram99@chollian.net

ISBN 978-89-251-1997-7 04810
ISBN 978-89-251-1741-6 (세트)

共同傳人

공동전인

[완결]

8

설경구 新무협 판타지 소설

FANTASTIC ORIENTAL HEROES

荷蒸乳蒸煎素陽細腸其福佑弟子王順

至大改元四月佛浴道言廣爲傳衍世

日弟子趙孟順敬書長座前再

老君演此真妙經亮迄

共同
傳人
공동전인

혈랑여희가 그동안 강호를 주유하며 쌓아온 악명?

우습다고 그래.

사도맹 서열 삼위?

웃기지 말라고 해.

천하에서 몇 손가락 안에 드는 고수?

그딴 것 개나 던져 주라고 해.

지금 눈앞에 서 있는 혈랑여희 사연랑의 모습은 자신이 감당할 수 없는 강한 상대의 앞에 겁을 잔뜩 집어먹고 가시를 세우고 있는 고슴도치.

그 이상도 이하도 아니다.

일흔이 넘은 다 늙은 영감 주제에 붉은 궁장을 입고 소녀 행색을 하고 있는 것이 역겨울 뿐이다.

"미친 영감탱이!"

고어어.

화가 난 걸까.

입술을 둥글게 말고서 괴성을 지르고 있는 사연랑은 한때 중인들을 공포에 몰아넣었던 모습 그대로였다.

하지만 그들에게는 어땠을지 몰라도 사무진에게는 통하지 않았다.

"사연랑, 사(死)!"

마도삼기의 주검 앞에서 했던 약속.

이제 그 약속을 지킬 시간이다.

"하룻강아지 범 무서운 줄 모르는구나."

동요하고 있는 감정을 감추려는 듯 사연랑이 소리친다.

하지만 웃기는 소리일 뿐이다.

여기에 하룻강아지는 없다. 고작 하룻강아지라고 불리기에는 사무진이 너무 컸다.

딱딱한 세상이, 뻐딱한 강호가, 그리고 냉혹할 정도로 차가운 사람들이 원치 않아도 사무진을 크게 만들어 버렸다.

그리고 범은 너무 늙었다.

늙고 병든 범은 더 이상 범이라 불릴 자격이 없다.

하룻강아지에게도 물려 죽는 법이다.

"날 감당할 수 있을까? 깔깔깔."

귀를 틀어막고 싶을 만큼 경박한 웃음소리가 역겹다.

그래서 더 상대하지 않고 자운묵창을 들어 올렸다.

쿠어어어어.

용음진세(龍音振世).

자운묵창이 만들어내고 있는 기이하면서도 묵직한 소성이 사연랑의 경박한 웃음소리를 짓누른다.

잔뜩 굳어진 표정으로 사연랑이 붉게 물든 손을 내밀었다.

탈백혈옥수(奪帛血玉手)!

한때 강호인들을 공포에 물들였던 손.

수많은 사람들의 피를 묻힌 손이었다.

그리고 저 손에 묻어 있는 피 중에는 마도삼기의 피도 묻어 있다.

다른 수많은 이들의 피는 상관없다.

하지만 마도삼기의 피는 그 의미가 다르다.

그래서 사연랑은 죽어야 한다.

"깔깔깔!"

다시 한 번 경박한 웃음소리가 흘러나왔다.

그그극.

그리고 강기의 그물이 다가온다.

강기의 그물에는 형태가 없었지만 그 무형의 강기가 다가온다는 것도 느끼지 못한다면 지금 여기 서 있을 자격이 없다.

그래서 웃었다.

평소와 달리 섬뜩한 웃음을 흘리며 자운묵창을 들어 올렸다.

어김없이 모습을 드러낸 적룡이 흉포한 이빨을 드러낸다.

주인의 불편한 심기를 깨달은 듯이.

"마음껏 물어뜯어라!"

감정이 담겨 있지 않기에 더욱 차갑게 느껴지는 명령.

적룡이 기다렸다는 듯이 강기를 향해 다가가 입을 벌린다.

그리고 드러난 흉포한 이빨이 강기의 그물을 찢어발긴다.

얼마 버티지 못하고 한 줌 재로 바스러져 가는 강기의 그물에 당황한 사연랑의 표정이 굳어지는 것이 보인다.

그러나 적룡의 포악함에 자비란 없다.

포효하는 적룡이 비늘을 곤추세운다.

"가라!"

사무진의 말에 화답하듯 곤추세우고 있던 수백 개의 붉은 비늘이 일제히 사연랑을 향해 날아든다.

용린격공(龍燐擊攻).

분노한 용의 곧추세운 역린이 천지를 뒤덮는다.

이것이 온전히 드러난 용린격공의 진정한 위력.

하지만 늙은 요물도 만만치 않다.

늙고 병들었다 하더라도 한때 범이라 불리던 자.

다시 한 번 탈백혈옥수가 펼쳐진다.

제대로 보이지도 않을 정도로 빠르게 움직이는 혈옥수가
만들어낸 공간이 적룡의 역린(逆燐)을 튕겨낸다.

막혔다?

사무진의 입가에 걸려 있던 섬뜩한 미소가 짙어지며 손에
들려 있던 자운묵창을 늙은 요물을 향해 던져 낸다.

매서운 파공음과 함께 날아가는 자운묵창.

하지만 자운묵창보다 더 빨리 사연랑의 지척까지 도달한
사무진이 주저하지 않고 일권을 내지른다.

파천무극권.

부서져라 이를 악물었다.

탈백혈옥수가 어설프게라도 공간을 지배하는 무공이라면
그 공간마저도 산산이 찢어발겨 버린다.

파천의 위력이 담긴 일권으로.

쾅. 쾅. 콰앙.

늙은 요물이 만들어낸 공간의 벽은 생각보다 단단했다.

하지만 상관없다.

한 번으로 찢어발기지 못한다면 두 번.

두 번으로 부족하다면 세 번.

그래도 안 된다면 단단한 공간의 벽이 뚫릴 때까지 몇 번이고 두드리면 되니까.

정확히 일곱 번째 주먹을 날렸을 때, 마침내 늙은 요물이 견고하게 쳐놓았던 벽이 찢어졌다.

당혹스런 표정을 감추지 못하고 주춤거리며 뒤로 물러나고 있는 늙은 요물을 향해 사무진이 씨익 웃었다.

그리고 뒤늦게 도착한 자운묵창의 창대를 움켜쥔 채 휘둘렀다.

어디를 베어줄까.

'단칼에 목을 베어내고 갈기갈기 찢어버려!'

적룡이 단칼에 목을 베어버리라고 속삭인다.

그리고 흔적조차 남지 않을 정도로 갈기갈기 찢어버리라고 속삭인다.

하지만 그 속삭임을 못 들은 척 외면했다.

대신 사무진이 휘두른 자운묵창의 창두가 늙은 요물의 하나밖에 남지 않은 팔을 먼저 베어낸다.

"크아악!"

터져 나오는 비명.

경박한 웃음 대신 흘러나온 비명 소리가 마음에 들었다.

바닥에 떨어진 채 펄떡이고 있는 늙은 요물의 팔을 걷어차며 입을 뗐다.

"성난 하룻강아지는 늙고 병든 범을 물지!"

고통 때문일까.

아니면 양팔을 모두 잃은 것에 대한 상실감 탓일까.

사연랑의 두 눈에서 생기가 흩어진다.

얼굴을 일그러뜨리고 있는 사연랑의 가슴으로 진기가 일렁이는 자운묵창의 창두가 깊숙이 파고들었다.

그리고 혈랑여회 사연랑의 신형이 축 늘어졌다.

혈랑여회 사연랑의 죽음.

단 한 사람의 죽음에 불과했다.

하지만 다른 자가 아닌 사연랑의 죽음이기에 그 의미는 특별했다.

게다가 거의 일방적이라 해도 과언이 아닐 정도로 사연랑을 압도한 사무진의 무위가 장내를 충격으로 물들였다.

바늘 떨어지는 소리조차도 들릴 정도로 장내가 적막하게 변했다.

그리고 장내에서 움직이는 것은 사무진뿐이었다.

휘릭.

사연랑의 가슴에 깊숙하게 틀어박혀 있던 자운묵창을 뽑아내자 섬뜩한 음향이 흘러나왔다.

그리고 느릿하게 고개를 돌리는 사무진이 주변을 둘러보다가 자운묵창을 들어서 누군가를 가리켰다.

자운묵창의 창두가 가리키는 그곳.

백사단주 백정명이 서 있었다.

"나 말인가?"

살짝 얼굴이 굳어진 백정명이 꺼낸 말에 사무진이 고개를 끄덕였다.

"너 맞아."

"재밌군."

"감히 마교에 들어와 난동을 부린 대가를 치러야지."

"점점 더 웃기는군."

"……?"

"나는 아무나 상대하지 않아. 나와 상대하고 싶다면 그전에 네가 가지고 있는 실력을 증명해 봐."

백정명의 입가로 희미한 미소가 떠올랐다.

그리고 그런 그의 얼굴은 어느새 사무진의 시야에서 사라졌다.

백사단의 무인들이 두 사람 사이로 끼어들었기 때문이었다.

차가운 안광을 뿌리며 노려보고 있는 백사단의 무인들.

한 명 한 명이 고수라 불릴 자격이 있는 수십 명의 무인이 일제히 살기를 뿌리고 있었지만 사무진은 겁을 집어먹지도, 당황하지도 않았다.

"조금 많네."

고개를 좌로 꺾은 사무진이 자운묵창을 고쳐 쥐었다.

"그래도 상관없지. 어차피 다 죽이기로 결심했었으니까."

쿠어어어어.

자운묵창이 바르르 떨리며 기이한 소성이 터져 나왔다.

물론 백사단의 무인들은 고수.

용음진세가 강력한 음공이라고는 하나 무기를 버리고 귀를 틀어막거나, 비틀거리는 인물은 하나도 없었다.

하지만 기이한 소성에 담겨 있는 내력은 그들을 긴장시키기에 충분했다.

그리고 그들의 신형이 긴장으로 인해 굳어진 순간, 사무진이 지체하지 않고 그들 사이로 파고들었다.

기다렸다는 듯이 다시 모습을 드러낸 한 마리의 적룡.

그 적룡이 교태를 부리듯 몸을 비꼬기 시작했다.

하지만 그것은 교태가 아니라 승천을 위한 준비 과정.

그그극.

바닥을 긁으며 흙먼지를 일으키던 자운묵창의 창두가 허

공을 향해 솟구쳤다.

잠룡승천(潛龍昇天).

비상을 위해서 잔뜩 몸을 웅크리고 있던 적룡이 하늘로 신형을 밀어 올렸다.

챙. 챙. 챙. 채앵.

적룡의 승천을 방해하며 사무진의 머리 위로 떨어져 내리던 검신들이 성난 적룡의 발길질에 실린 경력을 감당하지 못하고 튕겨 나갔다.

적룡의 발길질에 담긴 경력을 모두 해소하지 못하고 주춤거리며 뒤로 물러나는 백사단의 무인들을 향해 사정없이 화염을 뿜어냈다.

그들을 덮치는 거센 화염.

압도적인 적룡의 기세가 그들의 투지를 눌렀다.

더 이상 쉽게 다가오지 못하고 주춤거리고 있는 그들을 바라보며 사무진이 차가운 웃음을 흘릴 때였다.

파락.

파라락.

옷깃이 펄럭이는 소리.

허공에서 누군가의 신형이 떨어져 내렸다.

검정색 피풍의가 바람에 펄럭이는 소리와 함께 떨어져 내린 것은 뇌마 노인을 비롯한 마교의 장로들이었다.

이미 상황을 모두 파악한 것일까.

그들의 얼굴은 잔뜩 굳어져 있었다.

그리고 부복하고 있는 그들은 명령을 기다리는 듯했지만, 사무진은 그들을 향해 시선조차 주지 않았다.

"비켜요."

"……."

"……."

"비키라고 했어요."

그들을 애써 외면하고 있던 사무진이 고개를 돌렸다.

그리고 명령이 들리지 않는다는 듯 움직이지 않는 그들을 향해 사무진은 지금껏 들어본 적이 없는 싸늘한 목소리로 일갈을 토해냈다.

"당장 안 비켜요?"

"그럴… 수 없다!"

잠시 주저하다 흘러나온 뇌마 노인의 대답.

그 대답을 들은 사무진의 입가로 메마른 미소가 스치고 지나갔다.

"하긴, 언제 내 명령을 들은 적이 있나요. 늘 제멋대로였죠."

"……."

"그리고 그 결과가 여기 있네요. 아까운 사람들이 이만큼

이나 죽었으니 이제는 만족하나 모르겠네요?"

할 말을 마친 사무진이 더 상대하고 싶지 않다는 듯 부복하고 있는 그들의 곁을 스쳐 지나가려 할 때였다.

"그들은… 기뻐했을 것이다."

뇌마 노인이 망설이며 말을 꺼냈다. 그 이야기를 듣고서 사무진의 발걸음이 멈추었다.

"지금 뭐라고 했어요?"

"비록 아까운 죽음이라 하나 그들은 마교를 위해 목숨을 바친 것을 영광으로 여기며 기뻐했을 것이다."

사무진이 신형을 돌렸다.

그리고 더는 참지 못하고 뇌마 노인의 멱살을 움켜쥐었다.

걱정하지 말라고 했다.

뇌마 노인을 비롯한 장로들이 마교는 전혀 걱정하지 말라고 분명히 말했었고, 그 말을 믿고서 황보세가로 갔다.

그래서 상관도 없는 남의 집안일에 끼어들어서 배 놔라 감 놔라 간섭을 하면서 잘난 척을 했다.

그뿐인가.

첫사랑을 만나 유치한 감상에 젖어 노닥거리기까지 했다.

좋았다.

즐거웠다.

재미있었다.

그런데 그사이 이들이 죽었다.

가치있는 죽음이었던가.

아니다.

개만도 못한 죽음을 맞이한 것이 현실이다.

그런데 기뻐했을 거라고?

마교를 위해 죽었으니까?

웃긴다.

아주 웃기는 소리만 골라서 하고 있다.

변명이다.

그것도 아주 유치한 싸구려 변명일 뿐이다.

그래서 화가 났다, 주체할 수 없을 만큼.

퍼억.

주먹을 날렸다.

사무진은 내력을 끌어올리지 않았고, 멱살을 잡힌 채 주먹을 얻어맞고 바닥을 뒹구는 뇌마 노인은 호신강기를 끌어올리지 않았다.

서로 약속이라도 한 듯이.

"무슨 개소리야!"

울분을 모두 토해내듯 소리를 질렀다.

그리고 숨을 거칠게 몰아쉬었다.

개소리인데, 말도 안 되는 궤변일 뿐인데 차분하게 가라앉은 두 눈으로 꺼낸 뇌마 노인의 말이 맞을지도 모른다는 생각이 든다.

그들은 웃고 있었다.

코앞으로 다가왔던 죽음이 무섭지도 않은지 웃고 있었다.

아니, 죽음이 무섭지 않은 자가 어디 있을까.

그들은 죽음이 주는 공포조차도 이겨낸 것이었다.

그리고 그것을 가능케 한 것은 그들이 가진 신념이리라.

솔직히 모르겠다.

마교가 대체 무엇이기에 이들은 죽으면서까지 웃었을까를.

사무진이 단순하게 생각했던 것들이 전부가 아니었다.

마교란 단체는, 그리고 마교의 교주라는 자리는 생각했던 것보다 훨씬 더 이상한 곳이었고, 책임이 무거운 자리였다.

"미안… 하다."

"그 말 한마디면 다 해결돼요?"

"……."

"약속했잖아요. 나한테 분명히 약속했잖아요. 얼마나 지났다고 벌써 기억이 안 나요? 다시 생각나게 해줄까요?"

"……."

"걱정하지 말라고, 우리가 다 알아서 할 테니 아무 걱정하지 말고 갔다 오라고 그랬잖아요. 그런데 이게 대체 뭐예요?"

"미안… 하다."

"그딴 말 하지 말라니까."

"미안하다. 하지만… 사정이 있었다."

꽉 움켜쥔 주먹을 부르르 떨고 있던 사무진이 한숨을 내쉬었다.

입매를 타고 흐르는 피를 닦지도 않은 채 뇌마 노인이 꺼낸 사과 한마디를 듣고자 한 주먹질이 아니었다.

사무진은 아무것도 모르고 있었다.

마교에 대해서.

지금까지 그가 알고 있던 것은 전부가 아니라 일부에 불과했다.

그리고 이제 그것을 알게 된 이상, 달라져야 했다.

아니, 달라질 수밖에 없었다.

"왜 미리 말 안 했어요?"

"……"

"마교가 이런 곳이라고, 그리고 마교의 교주라는 자리가 이렇게 책임이 무거운 자리라고 왜 미리 말하지 않았어요? 그냥 반지 하나 끼고 찾아가서 마교를 재건하겠다고 말하기만 하면 된다고 그랬잖아요?"

"미안… 하다."

아까와 같은 대답.

그리고 고작 이런 대답을 듣고 싶은 것이 아니었다.

"그만두죠."

"무슨 뜻이냐?"

"마교의 교주. 그만하려고요."

"……?"

"내가 맡을 자리가 아니라는 생각이 드네요. 그쪽이 하든, 아니면 제비뽑기를 하든 알아서 해요. 아, 저기 심 노인한테 맡기는 것도 괜찮겠네요. 어쨌든 난 이딴 것 때려치울 테니까 알아서들 해요."

사무진이 미련없이 교주 자리를 내던졌다.

그리고 다시 걸음을 옮기려 했지만 어느새 뇌마 노인을 비롯한 마교의 장로들이 길을 막고 서 있었다.

"지금은 아니다."

"왜요?"

"널 교주라 믿고 따르며 목숨까지 바친 자들을 외면할 셈이냐?"

"누가 그러라고 했나요?"

"하지만……."

"원래 나의 마교가 아니었어요."

이미 마음이 떠났다.

그래서 사무진이 뇌마 노인을 밀치며 걸어가려 할 때, 잔뜩 굳어 있는 표정으로 서 있던 뇌마 노인이 다시 입을 열었다.

"이젠 너의 마교다."

"……?"

"피하려 한다고, 벗어나려 한다고 해서 벗어날 수 있는 자리가 아니다."

사무진이 눈을 가늘게 떴다.

이게 뭔가?

점점 더 웃긴다.

이제는 아예 협박까지 하고 있다.

만약 떠나려면 자신들을 죽이고 나서 떠나라는 듯 길을 가로막고 있는 희대의 살인마들을 보던 사무진이 한숨을 내쉬었다.

겁도 하나 안 나는 협박인데 그냥 무시할 수가 없다.

그리고 뇌마 노인의 말이 옳았다.

이대로 떠난다면 뭐가 남을까.

고집이 생겼다.

착한 마교, 정정당당한 마교를 만들려 했던 자신의 신념을 믿고 여기까지 따라온 자들이 보였다.

상처 입은 채 잔뜩 긴장한 얼굴로 자신을 바라보는 그들을 확인하니 미안해서라도 이대로는 떠날 수 없다는 생각이 들었다.

"좋아요. 남죠."

"고맙다."

"고마워할 것 없어요. 내가 남고 싶어서 남는 것이니까. 그리고 아직 내 말은 끝나지도 않았어요."

"……?"

"우린 너무 달라요. 내가 바라보는 것과 육마존이 바라보는 것은 분명히 달라요. 어쩌면 같이 갈 수 있지 않을까? 그럴 수 있지 않을까? 그렇게 생각했는데 이제 확실히 알았어요, 그게 불가능하다는 것을."

사무진은 희대의 살인마들이 보내고 있는 뜨거운 시선을 피하지 않은 채 입을 열었다.

뭔가를 느꼈을까.

표정이 굳어지는 희대의 살인마들을 바라보며 사무진이 다시 말했다.

"내가 남을 테니 육마존이 마교를 떠나요. 새로운 마교를 만들든, 예전의 마교를 다시 재건하든 마음대로 해요"

예전부터 고민해 왔던 문제였다.

조금씩 곪아가고 있다는 사실은 알고 있었지만 애써 모른 척해왔었는데.

　더 이상은 아니었다.

　이대로 계속 방치해 둔 채 시간이 흐른다면 곪아버린 상처는 어떻게 손을 써볼 여지도 없이 썩어 들어갈 것이었다.

　그전에 터뜨려야 한다고 생각했었는데 지금이 적기였다.

　"무슨 뜻이냐?"

　"절이 싫으면 중이 떠나는 법이죠."

　"절이 싫으면 중이 떠난다?"

　의외의 말에 당혹스러운 듯 희대의 살인마들의 얼굴이 헬쑥하게 변했다.

　"그럴 수… 없다!"

　"왜요?"

　그리고 뇌마 노인이 꺼낸 대답에 사무진이 되물었다.

　"이대로 시간이 흐른다면 서로 골만 더 깊어질 뿐이에요. 바라보는 것이 다른 이상 더 늦기 전에 갈라서는 것이 나아요."

　"하지만……."

　"내 말대로 해요. 이건 마교의 교주로서 내리는 명령이에요. 어차피 한 귀로 듣고 한 귀로 흘리겠지만."

　사무진이 단호하게 말했다.

여전히 당혹스런 표정을 지은 희대의 살인마들이 서로를 마주 보며 눈빛을 교환했다.

그리고 잠시 뒤, 의견 조율을 마친 듯 뇌마 노인이 입을 뗐다.

"우리는 떠나지 않겠다."

"이것도 싫다, 저것도 싫다. 대체 어쩌자는 거예요?"

"우리가 변하도록 하마. 더 이상 간섭하지 않으마. 그러니 앞으로는 누구의 간섭도 없는 온전한 너의 마교로 이끌어라. 그 마교가 지금까지와는 다르다 해도 우리는 너의 명령을 따를 것이다."

뇌마 노인의 표정은 진지했다.

그리고 그런 뇌마 노인을 바라보며 사무진이 망설일 때였다.

"우우우우우!"

서문유가 가슴 밑바닥에서부터 끓어오르는 슬픔과 분노를 감추지 못하고 질러대는 포효성이 장내에 울려 퍼졌다.

믿기지 않는다.

아니, 처음에는 자신의 두 눈으로 보고도 믿지 않았다.

여기에 있을 것이라고는 전혀 생각지 못했기에.

하지만 서문유가 보았던 것은 틀리지 않았다.

서옥령은 아름다웠다.

천하제일미(天下第一美)라 불리니 그 아름다움에 대해서 더 말해 무엇할까.

그리고 그것은 지금도 마찬가지였다.

한 점의 핏기도 찾아볼 수 없는 그녀의 얼굴은 창백했다.

그러나 싸늘한 주검으로 변한 채 차가운 바닥에 드러누워 있는 서옥령의 미모는 조금도 퇴색되지 않았다.

멀리서도 한눈에 그녀임을 알아볼 수 있을 정도로.

"여긴… 어쩐 일이야?"

"……."

"왜 여기에 누워 있는 거야?"

"……."

대답이 없다.

잠든 것처럼 평온한 표정으로 누워 있는 서옥령은 아무런 대답이 없었다.

보통 때라면, 아무리 힘들고 피곤한 일이 있더라도 자신을 향해 환하게 웃음을 지으며 반겨줄 그녀인데.

따뜻한 온기가 감돌아야 할 얼굴이 얼음장처럼 차갑다.

힘차게 뛰어야 할 맥박이 뛰지 않는다.

예쁜 미소를 지어야 할 입술이 파랗다 못해 검게 변해 있었다.

"서 공자님!"

언제 다가왔을까.

가늘게 떨리고 있는 정소소의 손이 웅크린 그의 어깨에 닿았다.

그러나 서문유는 그것도 제대로 느끼지 못했다.

'어떻게?'

그의 어깨 위에 놓인 채 가늘게 떨리고 있는 정소소의 손은 이미 서옥령의 죽음을 알고 있다고 말하고 있었다.

하지만 그게 이해가 되지 않았다.

얼굴을 만져 보지도 않았고, 맥을 짚어보지도 않았는데 정소소는 어떻게 서옥령의 죽음을 자신보다 먼저 알아챘을까.

숨이 막혀왔다.

서옥령, 옥령이가 죽었다.

절대로 인정하고 싶지 않은 현실이지만, 인정하지 않으려 한다고 해도 달라지는 것은 없었다.

죽음은 되돌릴 수 없는 것이니까.

"우우우우우."

간신히 옥령이의 죽음을 받아들이자 주체할 수 없는 슬픔이 밀려온다.

토해내는 울음이 목구멍에 걸려 비명으로 바뀌었다.

천하제일미면 뭐 할까.

남자들의 선망의 대상이었으면 뭐 할까.

정작 옥령이는 행복하지 않았다.

한 번도, 단 한 번도 행복해 본 적이 없던 그녀였다.

아버지에 의해 강요된 몸짓, 만들어진 웃음만이 허락된 것이 그녀의 인생이었다.

이제야 겨우 행복이란 것을 스스로 찾아 움직인다 생각했었는데 왜 이렇게 차가운 죽음을 맞이했을까.

꺼억. 꺼억.

목이 쉬어 울음이 더 이상 새어 나오지 않았다.

터질 것 같은 가슴이 조금은 진정된 것도 그때였다.

그리고 그제야 다른 것이 보이기 시작했다.

옥령이의 죽음 이면에 숨어 있던 것들이.

'네 발로 찾아왔구나.'

아버지는 냉정한 사람이다.

감정에 휘둘리는 사람이 절대 아니다.

얻을 것이 없다고 생각하는 사람에게는 시선조차 주지 않는 사람.

그런 아버지가 그녀를 마교로 보냈을 리가 없다.

그래서 스스로 찾아왔던 것이라고 생각한 서문유가 그나마 다행이라고 안도하던 순간이었다.

낯익은 얼굴이 보였다.

'호중천?'

사도맹의 일공자.

얼마나 지독한 고통을 겪었는지 얼굴 근육이 잔뜩 뒤틀린 채 죽어 있어서 하마터면 알아보지 못할 뻔했다.

하지만 그는 틀림없이 호중천이었고, 그가 죽어 있는 것을 확인한 서문유의 두 눈에서 한광이 흘러나왔다.

머릿속에 그림이 그려졌다.

무림맹의 이인자라 불리는 외당 당주 직책에 만족하지 못하는 아버지는 사도맹과 손을 잡으려 했다.

그런 아버지가 택한 것이 호중천이라는 사실을 서문유는 알고 있었다.

그리고 거기에 생각이 미치자 지금 왜 옥령이가 여기까지 와서 차가운 시체가 되었는지도 짐작이 갔다.

옥령이는 스스로의 의지로 온 것이 아니었다.

아버지가 자신의 욕심을 채우기 위해서 등을 떠민 것이었다.

"그랬군!"

꽉 다문 잇새로 억눌린 음성이 새어 나왔다.

그런 그가 고개를 들었다.

아까부터 느껴지는 시선이 있었다.

"무척 슬퍼하는군."

"……"

"짝사랑이라도 했었나? 이거 내가 괜히 미안해지는데."

마치 재미있는 구경거리라도 감상하는 듯 비웃음을 띠고 있는 자의 얼굴은 기억에 남아 있었다.

사도맹주의 둘째 아들인 호중경이었다.

"너인가?"

"그래, 나야. 내가 죽였지."

"왜지?"

"뭘 묻는 거지?"

"왜 이 불쌍한 아이를 죽였지?"

낮게 가라앉은 목소리로 서문유가 추궁했다.

그리고 그런 서문유를 바라보던 호중경의 입가에 떠올라 있던 미소가 짙어졌다.

"호오, 진짜 짝사랑이라도 했었나 보군."

"대답이나 해!"

"글쎄. 그냥이라고 하면 너무 무성의한 대답이 될 것 같고. 내가 저 여자를 죽인 이유는 두 가지야."

"……"

"비록 친하지는 않았지만 피를 나눈 형이지. 그런 형이 가는 저승길이 외롭지 않으라는 배려가 첫 번째 이유였고, 나머지 하나의 이유는 아버지에게 보여주고 싶었어. 지금 죽어버린 누구와 달리 나는 여자 따위에 정신이 팔리는 놈이 아니라는 것을. 뭐, 사실 좀 아깝기는 했지."

이유 같지 않은 이유들.

고작 그깟 이유들 때문에 이 불쌍한 아이를 죽인다는 것이 말이 되는가.

그제야 알았다.

어차피 죽일 생각이었다는 것을.

그렇게밖에 생각할 수 없었다. 그때 뱀처럼 차가운 호중경의 시선이 서옥령을 훑고 지나갔다.

그 두 눈에 어려 있는 것이 아쉬움과 함께 욕정이라는 사실을 깨닫고 서문유가 분노로 치를 떨었다.

"죽일 거야."

"호오, 장난이 아니로군. 정말 짝사랑이라도 했었는가 본데."

"그 입 닥쳐."

"……?"

"하나밖에 없는 동생을 죽인 죗값을 치를 준비나 해."

예상하지 못했던 대답인 듯 호중경이 흠칫했다.

하지만 서문유는 호중경의 반응 따위에 관심이 없었다.

스르릉.

서문유가 망설이지 않고 검을 빼 들었다.

"재밌군. 권왕 서붕에게 숨겨둔 아들이 있었다니."

"마음껏 지껄여. 그 입을 곧 찢어줄 테니까."

감추지 않고 드러내는 살기.

하지만 그런 서문유를 마주하고 있는 호중경에게는 여유가 넘쳤다.

"그만한 능력이 되나?"

"……."

"아무리 살펴봐도 내 입을 찢어놓을 정도의 실력은 없어 보이는데. 무림맹 외당 당주라는 직책이라면 아들을 더 강하게 키울 수도 있었을 텐데, 이상하군. 존재마저도 숨기는 것으로 봐서 후처에게서 낳은 자식인가?"

고개를 갸웃거리고 있는 호중경을 붉게 충혈된 눈으로 노려보던 서문유가 더는 참지 못하고 달려들었다.

슈아악.

감추고 있던 서 푼의 실력까지 모두 드러낸 서문유의 검은 매서웠다.

그러나 날카로운 공격을 연달아 펼쳤지만, 그가 휘두르는 검은 호중경의 옷자락도 건드리지 못했다.

마치 어떤 무공을 펼치는지 감상이라도 하듯 여유있게 피하고 있던 호중경의 입가에 떠올라 있던 차가운 미소가 짙어졌다.

그 미소를 확인한 서문유가 피가 날 정도로 입술을 깨물었다.

'처참하게 짓이겨져서 죽어야 해!'

저 미소가 보기 싫었다.

옥령이는 죽었는데 저놈은 멀쩡하게 살아서 웃게 놓아둘 수는 없었다.

그래서 서문유가 휘두르는 검이 한층 거칠게 변했다.

샤각. 샤각. 샤각.

그런 서문유의 귓가로 이상한 소리가 들리기 시작했다.

어디서 들려오는 걸까.

사방에서 동시에 들려오기에 파악하기조차 힘들었다.

묘하게 신경을 긁고 있는 소음.

하지만 잔뜩 흥분한 서문유는 그 소음을 무시했다.

그리고 그 기분 나쁜 소음이 발생하면서 전신이 따끔거리기 시작했지만 그 감각도 무시했다.

평소였다면 본능적으로 위험을 느끼고 경계했겠지만, 흥분한 서문유는 반쯤 정신이 나가 있었다.

다른 것은 아무것도 떠오르지 않았다.

그의 모든 신경은 호중경을 죽이는 것에만 쏠려 있었다.

강렬한 살의를 담은 서문유의 검이 호중경을 더욱 거칠게 핍박하기 시작했다.

하지만 여전히 호중경은 잡히지 않는다.

조금만 더 거칠게 몰아붙이면 피하지 못하고 당할 것만 같은데, 간발의 차로 스쳐 지나갈 뿐이었다.

'이건 뭐지?'

그래서 이를 악물고 죽을힘을 다해서 검을 휘두르던 서문유는 호중경의 오른손이 예고도 없이 불쑥 다가왔을 때, 놀라지 않을 수 없었다.

'언제?'

다리가 얼어붙었다.

그리고 본능이 뒤늦게 맹렬한 경종을 울렸다.

'피해야 해!'

피해야 한다는 생각을 하면서도 몸이 움직이지 않았다.

그리고 그사이, 호중경의 오른손은 지척까지 다가와 있었다.

그때였다.

다가오고 있는 호중경의 오른손에만 신경을 쓰고 있던 서문유의 어깨에 강한 충격이 느껴진 것은.

쿵.

서문유는 어깨에 닿은 장력에 실린 힘을 감당하지 못하고 밀려난 것으로도 모자라 바닥을 나뒹굴었다.

'뭐지?'

간신히 정신을 차리고 고개를 들자 사무진이 한심하다는 눈빛으로 바라보는 것이 들어왔다.

어쨌든 사무진 덕분에 호중경의 오른손을 피한 셈.

감사를 표하려 했지만 사무진이 먼저 입을 뗐다.

"거슬려."

"……?"

"분명히 말했을 텐데. 마교에 식객 따위는 필요없다고."

얼음장처럼 싸늘한 목소리.

그런 사무진의 시선이 잠시 서옥령과 호중천의 시신 위에 머물렀다 다시 떨어진 후, 호중경을 향했다.

"겁도 없이 또 왔네."

먼저 입을 뗀 것은 사무진.

"그동안 많이 달라졌군, 일신우일신(日新又日新)이란 말이 어울릴 정도로."

호중경도 지지 않고 대꾸했다.

"너도 죽는다."

하지만 호중경의 입가에 떠올라 있던 미소는 곧 사라졌다.

싸늘하기 그지없는 사무진의 대꾸를 듣고서.

"예전과는 많이 다를 거야."

사무진에게 당했던 당시의 기억을 곱씹는 듯, 굳어진 표

정으로 호중경이 입을 뗐지만 사무진은 피식 웃으며 대답했
다.

　"그래 봤자지."

第二章
마도천하

荷蒸乳蒸茸棗陽細賜美福伍弟子主咻
至大改元四月佛浴道吉廣為傳行諸
日弟子趙孟頫敬書長座爺手
老君演此真妙怪完正

共同
傳人
공동전인

호중경이 입술을 깨물었다.

그날의 수모.

벌써 잊혀졌을 리가 없었다.

태어나 처음으로 맛보았던 좌절이었으니까.

하지만 그 좌절은 그에게 독이 되지 않고 약이 되었다.

그날 이후, 무공에 매달렸다.

그리고 이제 스스로 자신의 무공에 자부심을 가져도 부끄
럽지 않을 정도로 호중경은 강해졌다.

혈유무극단공을 구성이나 성취했으니까.

"조금 있다가도 그렇게 말할 수 있을까?"

그래서 호중경의 목소리는 자신이 넘쳤다.

그런 그의 두 눈이 투명하게 변하기 시작했다.

혈유무극단공을 익히며 생긴 이능 중 하나인 사안(邪眼).

사안이 열리자 지금까지와는 다른 것들이 보인다.

그것은 길.

지금 호중경의 사안에는 공간을 연결하는 길이 보이기 시작했다.

그와 동시에 또 다른 이능이 발현된다.

육감(六感).

원래 인간이 가지고 있는 오감이 아닌 또 하나의 감각인 육감이 영민하게 깨어나 반응하기 시작한다.

"후후!"

모든 동선을 볼 수 있고, 어떤 공격도 미리 예상할 수 있게 만들어주는 육감이 발현되었는데 어느 누가 당할까.

상대가 어떤 공격을 펼친다 해도 모두 가늠할 수 있다.

하지만 이게 끝이 아니다.

혈유무극단공이 만들어내는 진짜 위력은 이제부터가 시작이다.

"사무(蛇霧)!"

사각. 사각. 사각.

수십, 수백 마리의 살모사가 혓바닥을 날름거리는 듯한 소름 끼치는 소리가 들려오기 시작했다.

상대의 이성을 마비시키는 음공.

무공이 약한 자라면 이미 오줌을 지리며 쓰러진 것으로 모자라, 공포에 질려 미쳐 날뛰었으리라.

그리고 어지간히 심지가 굳은 무인이라 하더라도 신경이 쓰이지 않을 수 없으리라.

하지만 사무는 단순한 음공이 아니었다.

지금 저 소리는 호중경이 끌어올린 혈유무극단공의 진기가 대기를 진동시키며 만들어지는 것이었다.

대기를 가둔다.

그리고 가두어둔 공간을 지배한다.

이것이 혈유무극단공의 진정한 실체.

사안을 통해 보이고 있던 실처럼 가는 길들이 시간이 흐르며 어지러이 비틀리고 꼬이기 시작했다.

호중경의 의지에 동화된 채로.

"내 의지로 명한다. 가라. 가서 베어……."

쿠어어어어.

소리를 지르던 호중경이 눈살을 찌푸렸다.

사무진의 손에 들려 있던 흑색 창이 만들어낸 기이한 소성에 실린 한가닥 진기가 내부를 진탕시키고 있었다.

그로 인해 심력이 흔들리자 그의 의지에 동화된 채 움직이던 대기가 통제를 벗어나기 위해서 요동치기 시작했다.

"이상한 짓을 하는군."

호중경이 미간을 찌푸렸다.

사무진의 얼굴에 떠올라 있는 웃음.

저 웃음이 마음에 들지 않았다.

그때도 저렇게 웃고 있던 놈에게 당했었기에.

"가라!"

이를 악문 호중경이 소리쳤다.

그런 그가 사무진의 얼굴이 굳어지는 것을 보며 회심의 미소를 지었다.

답답할 터였다.

주변을 잠식하고 있는 대기가 조여오고 있으니.

초조할 터였다.

그 대기가 날카로운 칼날로 변해 살기를 뿜어내고 있으니.

"재밌는데."

그 순간, 사무진이 창을 들어 올렸다.

그리고 그의 손에 들린 흑색 창이 불러낸 것은 한 마리 적룡.

포악하기 그지없는 적룡 역시 갑갑함을 느낀 듯 미쳐 날뛰며 사방으로 화염을 뿜어내기 시작했다.

'최후의 발악!'

호중경이 코웃음을 쳤다.

살기 위한 발악에 불과했다.

포효하는 적룡의 기세가 사뭇 사납기는 했지만, 얼마나 더 버틸 수 있을까.

시간이 지나면 허점이 드러나게 마련이었다.

그가 할 일은 상대가 견디지 못하고 허점을 드러냈을 때, 일장을 날리기만 하면 되는 것이었다.

그리고 얼마 버티지 못할 것이라는 예상은 빗나가지 않았다.

여전히 적룡의 기세는 사나웠지만, 공간을 점하고 파고드는 공격을 모두 막아낼 재간은 없었다.

지금까지 버틴 것만으로도 충분히 칭찬을 받을 만했다.

스르륵.

호중경이 손을 내밀었다.

적룡의 화염이 닿지 않도록 조심하며 내민 그의 손이 비어 있는 사무진의 가슴을 노리고 파고들었다.

빠르지도 은밀하지도 않은 일장.

하지만 이 일장을 어느 누구도 피하지 못하는 이유는, 쉴새 없이 몰아치는 대기의 칼날을 막고 피하는 데만으로도 급급해서 지금 이 공격이 다가오는 것을 알아챌 정신이 없기 때문이었다.

'끝이군!'

호중경의 입가로 만족스런 웃음이 떠올랐다.

하지만 그 웃음은 나타나기 무섭게 사라졌다.

쿵.

'막혔다?'

단순히 막힌 것이 아니었다.

부러진 걸까.

손목이 시큰거렸다.

창을 들지 않은 사무진의 왼 팔꿈치가 갑자기 다가와 부딪친 순간, 참기 힘든 극통이 밀려왔다.

'이게 가능한가?'

주춤거리며 뒤로 물러나던 호중경이 충격에 빠졌다.

마음이 흔들리자 애써 끌어올린 진기가 흩어졌다.

"어떻게……?"

"느려!"

사무진은 별것 아니라는 듯이 간단히 대꾸했지만, 절대 그리 쉽게 말할 수 있는 것이 아니다.

조금 전, 호중경이 내민 장력에 실린 것은 만 근의 경력.

아무렇게나 휘두른 사무진의 팔꿈치와 부딪쳐서 밀렸다는 것부터가 말도 안 되는 상황이었다.

"아직 멀었군."

"……?"

"아까도 말했지만 오늘은 죽일 거야. 지난번처럼 대충 넘어가지 않을 거니 각오해."

싸늘한 목소리가 귓가를 파고들었다.

일순 등줄기를 타고 식은땀이 흘러내렸다.

하지만 호중경은 흔들리는 마음을 다잡았다.

끝났다고 확신한 순간, 공격이 막혔지만 그게 전부였다.

달라진 것은 없었다.

여전히 승부의 열쇠는 그가 지니고 있었다.

"말이 많군!"

한마디를 던진 호중경이 진기를 극성으로 끌어올렸다.

사각. 사각. 사각.

소리가 커졌다.

사무진이 서 있는 주변의 대기가 더욱 거세게 요동치기 시작했다.

그 공기가 날카로운 칼날이 되어 사무진을 향해 파고들려는 순간, 사무진이 피처럼 붉은 눈썹을 꿈틀했다.

그리고 사무진이 먼저 움직였다.

슈아악.

공기를 찢어발기는 파공음과 함께 날아들고 있는 흑색 창을 확인하고서 호중경이 눈을 부릅떴다.

창을 날린다?

예상치 못한 공격이었다.

저 흑색 창은 사무진이 주로 사용하는 병기.

주병이라 불리는 창을 저렇게 허무하게 던질 것이라고는 꿈에도 몰랐기에 허를 찔린 셈이었다.

하지만 당황해 멍하니 서 있을 틈 따위는 주어지지 않았다.

허리를 비틀어 날아들고 있는 창을 피하며 호중경이 멈칫한 순간, 이번에는 파란색 강기의 덩어리가 다시 다가왔다.

'피할까, 부딪칠까?'

잠시 고민하던 호중경이 결론을 내렸다.

한 번으로 끝날 공격이 아니었다.

피하는 것이 어렵지는 않겠지만 이번 공격을 피하게 되면 기세에서 밀려 수세에 몰리는 것은 당연할 터.

차라리 부딪쳐서 상대의 기세를 꺾어놓는 것이 나을 것이라는 판단이 섰다.

그래서 팔을 들어 올렸다.

흑운장이라면 충분히 감당할 수 있으리라.

진기가 꿈틀거리는 오른손을 호중경이 앞으로 내밀었다.

퍼엉.

그리고 흑운장이 다가오는 파란색 강기의 덩어리와 부딪

친 순간, 호중경의 머릿속이 아득해졌다.

자만이었던가.

입에서 피분수를 내뿜으며 삼 장이나 날아간 후에 바닥을 아무렇게나 기고 있던 호중경이 급히 숨을 들이마셨다.

아직 끝난 것이 아니었다.

혈유무극단공은 무적의 무공.

보여준 것보다 아직 보여주지 않은 것이 훨씬 많았다.

그 무공을 펼친다면 틀림없이 사무진을 죽일 수 있는데……

몸이 말을 듣지 않았다.

일어나기는커녕, 숨을 쉬는 것조차 버겁다.

간신히 치켜뜨고 있는 호중경의 두 눈에 곁으로 다가온 사무진의 발끝이 들어왔다.

"아직… 끝난 게……."

"억울하지? 사실 나도 조금 당황했어."

"……"

"하지만 잊지 마. 가진 게 많다고 해서 무조건 이기는 건 아냐. 가진 것을 다 보여주기도 전에 죽을 수도 있으니까."

"두고……."

"두고 보자는 말 같은 건 하지 마."

"왜?"

"너한테는 내일이 없으니까."

"······?"

"게다가 유언치고는 너무 진부한 대사잖아."

그 말을 남기고 사무진이 돌아섰다.

그리고 호중경의 가슴으로 자운묵창이 파고들었다.

"하나만 약속해요."

"뭐냐?"

"무조건 내 명령을 따른다. 개처럼 짖으라면 짖고, 죽으라고 하면 죽는시늉까지 해요. 그러지 않을 거면 떠나요."

희대의 살인마들의 눈꼬리가 파르르 떨렸다.

그리고 도저히 받아들일 수 없다는 듯 뇌마 노인이 입을 뗐다.

"장로의 역할이란 것이 있다. 만약 네가 선택을 해야 할 갈림길에서 옳지 않은 결정을 내릴 때에는 조언도 하고······."

"거 참, 말 많네."

사무진이 도중에 말을 끊었다.

그리고 발끈해서 얼굴이 붉어지는 뇌마 노인의 코앞으로 얼굴을 들이밀었다.

"하나 더 추가해야겠네요."

"뭐··· 냐?"

"군말하지 않기. 전부터 생각했던 거지만 여러분은 말이 너무 많아요."

"……."

"그렇게 이빨 꽉 깨물지 말아요. 이제는 늙어서 이도 약한 사람들이."

희대의 살인마들에게 충고를 던진 사무진이 대답을 재촉했다.

"약속할래요? 아니면 나갈래요?"

이를 갈던 뇌마 노인이 갈등하다가 한참만에 대답했다.

"꼭 두 가지 중에 결정해야 하느냐? 꼭 그렇게 극단적으로 몰고 가지 말고 다른 방법도 생각해 볼 수 있지……."

"또 그러네. 쓸데없는 말이 너무 많다니까요. 긴말하지 말고 두 가지 중에 하나만 얼른 선택해요."

"약속… 하마."

저러다 피가 나지 않을까 하는 걱정이 될 정도로 입술을 꽉 문 채로 뇌마 노인이 결국 대답했다.

그리고 그제야 만족스런 표정을 지은 사무진이 입을 뗐다.

"남겠다고 결정했으니 이제 능력을 보여줘요."

"무엇을 할까?"

"백사단. 한 놈도 살려보내고 싶지 않아요. 가능해요?"

얼굴을 찡그리고 있던 희대의 살인마들이 눈을 빛냈다.

기다리던 말을 들은 것처럼.

"마침 기분이 영 별로였는데 풀 곳이 생겼구나."

뇌마 노인을 비롯한 희대의 살인마들이 일제히 살기를 뿜어냈다.

그리고 그 모습을 물끄러미 바라보던 사무진이 만족스러운 표정을 지은 채로 다시 입을 뗐다.

"백사단주 백정명, 그자는 내가 맡죠."

"왜?"

"내가 교주잖아요."

"하지만……."

"싫어요? 싫으면 나가던가."

"끄응."

뇌마 노인이 앓는 소리를 냈다.

하지만 사무진의 협박은 통했다.

더 이상 토를 달지 않고 희대의 살인마들이 수하들을 이끌고 백사단의 무인들을 향해 다가갔다.

"운도 없지."

긴장하고 있는 백사단의 무인들을 보니 안쓰러운 감정이 들 정도였다.

보였다.

머리끝까지 화가 나 있는 희대의 살인마들의 모습이.

어차피 죽음이야 피할 수 없었겠지만 희대의 살인마들이 저리 화가 났으니 더욱 처참한 최후를 맞으리라.

"우리도 시작할까?"

사무진이 창을 들어 백정명을 지목했다.

더는 피할 수 없음을 느낀 듯 백정명이 느릿하게 걸어나왔다.

그리고 그런 그의 낯빛은 어두웠다.

처음 사무진이 등장해서 다 죽인다는 말을 꺼냈을 때 여유 있게 코웃음을 치던 것과는 전혀 달랐다.

아마도 사연량과 호중경을 연속으로 상대하며 사무진이 보여준 압도적인 무위를 직접 확인했기 때문이리라.

"마교가 호락호락한 곳이 아니라는 것을 경험하게 될 거야."

"흥!"

"어때? 심장이 벌렁벌렁거리지?"

사무진이 히죽 웃었다.

더 이상 대답없이 검을 들어 올리고 있는 백정명의 표정은 아까보다 훨씬 더 굳어져 있었다.

그에 반해 사무진은 여유가 있었다.

이미 꺾인 기세.

대결이 시작되기도 전에 기세가 꺾인 자가 휘두르는 검이 무서울 리가 없었다.

서서히 끝을 향해 달려가는 장내의 대결.

그 마지막을 장식할 이 대결은 의외로 싱거울 거라는 생각을 하며 사무진이 자운묵창을 휘둘렀다.

이상한 사람들이다.

마도삼기와 매난국죽을 포함한 마교의 무인들.

함께 보낸 시간은 그리 길지 않았지만 그동안 쌓인 추억이 없을 리 없다.

그런데 웃는다.

같은 식구라 불러 마땅한 자들이 죽었는데 희대의 살인마를 비롯해 남아 있는 마교의 무인들은 우는 대신 웃는다.

하긴 죽은 자들의 얼굴에도 웃음이 떠올라 있었는데…….

사무진이 가진 상식으로는 쉽게 이해가 되지 않았지만, 그렇다고 해서 이들을 탓할 수도 없었다.

이게 죽음을 대하는 이들의 방식이니까.

조금씩 이해하기 위해 노력하는 수밖에 없었다.

이들을 껴안고 앞으로 나아가야 하는 것은 사무진 자신이니까.

적막이 찾아왔다.

숨을 들이쉴 때마다 코끝으로 혈향이 파고들었다.

비릿한 혈향이 싫었다.

그리고 이 혈향에 점차 익숙해져 가는 자신이 더 싫었다.

그래서 미간을 찌푸릴 때였다.

"이만 떠나겠네."

유정생이 다가와 꺼낸 말을 듣고서 사무진은 상념에서 깨어났다.

"아직 안 갔어요?"

"지금 가려고 하네."

"그냥 가면 되지. 마교와 무림맹의 관계가 작별 인사까지 나눌 정도로 다정한 사이는 아니잖아요."

"그렇긴 하지."

유정생이 틀린 말은 아니라는 듯 고개를 끄덕였다.

하지만 쉽게 발길을 돌리지는 않았다.

"왜 안 가요?"

"그게……."

"아, 알았다."

쉽게 떠나지 않는 유정생을 의아하다는 듯이 바라보다 사무진이 뭔가를 눈치챈 듯 포권을 취했다.

"이번에 우리 마교를 도와줘서 무척 고마웠어요. 마교의 교주로서 마교를 대표해서 감사를 드리죠. 부디 무탈하게 돌아가시기를 빌게요."

"……?"

"이제 됐죠? 원래 높은 자리가 그런 거잖아요. 좀 낯간지러
운 대사지만 이렇게 나눠줘야 서로 체면도 살고."

"뭐, 그렇지."

사무진이 포권을 취하며 한 정중한 감사 인사까지 들었지
만 유정생은 여전히 떨떠름한 표정이었다.

"자네……."

"왜요?"

"휴우, 아닐세."

한숨을 내쉰 유정생이 결국 발길을 돌렸다.

"뭐야? 사례라도 바란 건가?"

뭔가 할 말이 남은 듯 아쉬운 기색으로 돌아서는 유정생의
등 뒤로 사무진이 한마디를 던질 때였다.

[듣기만 하게.]

전음이 사무진의 귓가로 파고들었다.

그리고 전음을 날린 주인공은 허민규였다.

[아, 자네는 어차피 전음을 펼치는 방법을 모른다고 했었
지. 지금 맹주님께서 쉽게 발걸음을 떼지 못하는 데는 이유가
있다네. 원래는 맹주님께서 직접 던졌어야 옳은 질문이지만
맹주님을 대신해서 내가 자네에게 하나만 묻지. 이제 가연 아
가씨와 어찌할 생각인가? 자칫하다가는 정마대전이 발발할

수도 있는 심각한 사안이니 신중하게 생각하고 나중에 답해 주게.]

"아!"

사무진이 그 전음을 듣고서야 유정생이 왜 자꾸 미적거리면서 쉽사리 마교를 떠나지 못한 이유를 깨달았다.

[정마대전이 벌어지는 이유치고는 너무 사소한 것 아닌가요?]

[뭐, 그런 면이 없지 않아 있지만 원래 모든 큰 분쟁은 아주 작고 사소한 일부터 시작된다네. 아니, 그보다 자네는 전음을 펼칠 줄 모른다고 하지 않았었나?]

[이게 뭐 대수라고. 얼마 전에 배웠어요. 음모와 귀계의 상징인 마교의 교주로 살려면 전음 정도는 할 줄 알아야 될 것 같아서.]

[자넨 만날 때마다 나를 놀래키는군.]

[뭐, 나름 노력하는 교주죠. 제대로 된 마교의 교주가 되기 위해서.]

[그런 것 같군.]

[그보다 나중에 대답할 것도 없이 지금 하죠. 이미 알고 있겠지만 사실 우리 꼬맹이 아가씨가 장점이 그리 많은 편은 아니죠. 그다지 예쁘지도 않고, 성격도 제멋대로고, 우리끼리라서 하는 이야기지만 가슴도 작은 편이니까요.]

[그 말을 그대로 맹주님께 전했다가는 당장 정마대전이 시작될 걸세.]

[끝까지 들어봐요. 아직 내 말이 끝나지 않았잖아요. 이거 정말 쉽진 않았지만 제가 마침내 꼬맹이 아가씨의 장점을 찾아냈죠. 귀엽다는 거. 하지만 요즘 들어 자꾸 두 여자 사이에서 갈등이 돼요.]

[혹시 자네 첫사랑이라는 그 여자와 가연 아가씨 사이에서 갈등하고 있는 건가?]

[어라, 그건 또 어떻게 알았어요? 나 몰래 뒷조사했죠?]

[맹주님께서 궁금하시다면서…….]

[이거 진짜 웃기는 아저씨네. 그리고 내가 설마 혼인해서 자식까지 낳고서 잘살고 있는 유부녀를 좋아하는 파렴치한이겠어요?]

[그야 그렇지. 자넨 그런 못난 사람이 아니지. 그럼 대체 누군가?]

[알잖아요.]

[설마?]

[그 설마가 맞는 것 같네요.]

[자네 정말…….]

[정말 뭐요?]

[눈이 낮군.]

[그 말 그대로 아미성녀님과 꼬맹이 아가씨에게 전해주죠.]

[크흠, 말실수를 했군. 못 들은 걸로 해주게.]

[한 번만 봐주죠.]

[어쨌든 자네 뜻은 알겠네. 이만 돌아가지.]

허민규가 신형을 돌렸다.

그리고 몇 걸음 움직이던 그가 걸음을 멈추고 다시 사무진을 향해 고개를 돌리며 전음을 날렸다.

[이건 무림맹과 마교를 떠나 혼인을 먼저 해본 인생 선배로서 하는 충고일세. 나이 차가 너무 많이 나는 상대와 혼인하면 결코 행복할 수 없다네. 아무리 사랑해도 극복할 수 없는 것도 있는 법이지.]

[충고 고마워요.]

[뭐, 고마울 것까지야. 이제 진짜 가겠네.]

[그래서 별거 중이군요.]

먼저 멀어진 유정생을 따라잡기 위해서 신법을 펼치던 허민규는 사무진의 마지막 전음을 듣고서 발을 헛디디며 휘청했다.

"간다!"

다음으로 작별을 고한 것은 서문유였다.

잔뜩 굳어진 표정으로 입을 뗀 서문유는 어디선가 수레를 구해 그 뒤에 하나의 관을 싣고 있었다.

서옥령의 시신을 담은 관.

"그래."

사무진이 짤막하게 대꾸했지만, 서문유 역시 유정생과 마찬가지로 뭔가 할 말이 남은 듯 미적대고 있었다.

"왜? 할 말이 남았나?"

"옥령이는… 너를 좋아했다."

"……?"

"나로서는 지금도 이해가 가지 않지만… 이건 사실이다."

서문유를 바라보던 사무진이 고개를 끄덕였다.

"알아."

"알고 있었나?"

"그 정도로 눈치가 없지는 않아."

"지금까지 내가 잘못 알았군. 마교의 교주, 효웅이었어. 실력을 감춘 것은 물론이고, 진면목까지 감추었으니까."

사무진이 쓴웃음을 지었다.

서문유의 말은 틀렸다.

정작 사무진이 감춘 것은 아무것도 없었으니까.

하지만 세상의 평가는 다르다.

세상에는 수많은 사람들이 있고, 그들은 각자의 입장과 생각에 따라 서로 다른 기준으로 재단해서 평가하기 때문에.

 그 평가가 틀렸다고 억지로 뜯어고칠 생각은 없었다.

 아무리 그게 틀렸다고 목소리를 높여 소리친다 해도 귀를 막아버린 사람들의 생각은 바뀌지 않을 테니까.

 "어쩌면 옥령이는 네 진면목을 미리 알아보았는지도 모르겠군."

 "내가 잘났다는 사실을 알아챘겠지."

 스르릉.

 냉막한 표정의 서문유가 어느새 검을 빼 드는 것을 확인한 사무진이 서둘러 손을 훼훼 저었다.

 "이길 자신도 없으면서 성질은."

 "……."

 "어디로 갈 거야?"

 "아버지에게 가야지. 가서 옥령이를 보여 드려야지. 그리고 따질 생각이야. 이렇게 되기를 바란 것이냐고."

 "부자지간에 칼부림이라도 낼 기세인데."

 "필요하다면 해야지."

 서문유가 등을 돌렸다.

 수레가 움직이며 점차 멀어지기 시작하는 서문유를 바라보던 사무진은 한숨을 내쉬었다.

관이 수레에 실려가며 흔들리고 있었다.

마치 작별 인사라도 하는 것처럼.

그 마지막 모습을 바라보다 보니 가슴이 짠했다.

강호라는 곳에 발을 들이밀게 되는 계기 중 큰 부분을 차지했던 서옥령의 죽음은 사무진의 가슴을 아프게 만들었다.

"강호, 별로 재미없네."

애잔한 시선으로 마지막 떠나는 모습을 바라보던 사무진이 등을 돌렸다.

모두가 떠났다.

그리고 이제 오롯이 마교의 인물들만이 남았다.

"사도맹을 우선 강호에서 지우도록 하자."

"그리고요?"

"그 일이 마무리되면 무림맹을 치고 마도천하를 만들도록 하지."

"마도천하. 말씀만 들어도 벌써 심장이 벌렁벌렁 뜁니다."

"단순한 꿈이 아니다. 이제부터가 그 위대한 서막의 시작이지. 마도천하가 열리는 날이 얼마 남지 않았다."

마도천하라.

그럴듯했다.

심 노인처럼 벌써부터 심장이 벌렁벌렁거리지는 않았지만, 어느 정도 흥미가 동하는 것은 사실이었다.

하지만 대체 무슨 수로?

사도맹과 무림맹이 바보들만 모였을 리가 없었다.

머리가 지끈거린다.

마땅한 계획도 없이 마도천하를 만들겠다는 어처구니없는 생각을 하고 있는 뇌마 노인을 비롯한 희대의 살인마들이나, 그 말에 감동받은 듯 신이 나서 소리를 지르는 심 노인이나 한심한 것은 마찬가지였다.

도대체가 현실 감각이라고는 찾아볼 수 없었다.

"좀 조용히 할래요?"

"우리가 기다린 시간이 얼마인가? 이제야 마도천하를 만들기 위한 준비가 거의 완벽하게 된 것……."

"아까도 말했지만……."

"……."

"말이 너무 많아요. 제발 입 좀 다물고 있어요."

뇌마 노인의 얼굴이 벌겋게 달아올랐다.

하지만 더 이상 대들지 않고 시키는 대로 입을 다물자 사무진이 군사인 홍연민에게 시선을 던졌다.

"마도천하. 가능해요?"

"당연히 불가능하네."

"그래도 다행이네요, 아직 제정신이 박혀 있는 사람이 마교에 남아 있어서."

"군사란 언제 어떤 순간에나 냉정해야 하니까."

홍연민이 당연하다는 듯이 대답했다.

"마도천하는 무리인 것 같고 가능한 걸 하죠."

"뭘 하려는 건가?"

"억울하잖아요. 이렇게 가만히 기다리다가 아까운 사람들이 죽는 것도 더 이상 보고 싶지 않고 피냄새를 맡는 것도 지겨워요."

"……"

"그래서 하는 말인데 사도맹주만 죽이죠."

"그거야 그리 어려운 일이 아니… 지금 누구라고 했나?"

"사도맹주 호원상요."

"왜 하필이면 그를……?"

"마도삼기, 매난국죽, 그리고 마교의 인물들이 많이 죽었어요. 이대로 가만히 있는 것은 너무 치사하잖아요."

사무진이 당연하다는 듯이 대꾸했다.

그리고 어느새 표정이 굳어진 홍연민이 생각에 잠겼다.

"자객을 보낼까?"

"사도맹주를 죽일 만한 실력이 있는 자객이 있을까요?"

"찾아본다면 있지 않을까?"

"글쎄요."

"그럼 독을 쓸까?"

"만독불침이란 소문이 돌던데."

"그럼 방법이 없군."

홍연민이 말끔히 포기했다.

"군사가 그렇게 무책임해도 돼요? 어떻게든 방법을 만들어 봐요."

하지만 사무진은 이렇게 간단하게 포기할 생각이 없었다. 포기하지 않고 사무진이 재촉하는 것을 듣고서 홍연민의 얼굴에 떠올라 있던 곤혹스런 빛이 짙어질 때였다.

"방법이 있다."

입을 꾹 다물고 있던 뇌마 노인이 말했다.

"또 이상한 소리 하려는 건 아니겠죠?"

"이번에는 진짜다."

"뭔데요?"

"약 석 달 뒤에 새로운 무림맹주의 취임식이 있다."

"그러니까 지금 무림맹주가 물러난단 말인가요?"

"그래, 무림맹주의 임기는 십오 년이다. 그리고 현 무림맹주의 임기는 석 달밖에 남지 않았다. 그것도 몰랐느냐?"

"누가 가르쳐 줘야 알죠."

뚱한 표정을 짓고 있던 사무진이 갑자기 불안한 표정을 지었다.

"그런데 혹시 마교의 교주도 임기가 있나요?"

"없다."

"그럼?"

"한 번 교주는 영원한 교주다."

"평생 직업이라니 이거 든든하네요. 그래도 마교의 교주가 무림맹주보다 좋은 것도 있었네요."

"죽으면 바뀐다."

흡족한 웃음을 짓고 있던 사무진이 마음이 상해서 다시 눈을 흘겼다.

"그 방법이나 계속 설명해 봐요."

"그 자리에는 이름있는 정파의 무인들이라면 모두 참석할 것이다."

"그야 그렇겠죠. 새로운 무림맹주에게 눈도장이라도 찍어야 할 테니까."

"그리고 사도맹주도 그 자리에 참석할 것이다."

"사도맹주가요? 사도맹주가 거기 참석하는 것을 보니 사도맹과 무림맹의 사이도 생각보다 나쁘지 않은가 보네요."

고개를 갸웃거리고 있는 사무진을 바라보던 뇌마 노인이 답답한 표정을 지었다.

"사도맹주는 축하하기 위해서 그곳을 찾는 것이 아니다."

"그럼요?"

"그곳에서 무림맹을 와해시키기 위해서지."

"그게 가능한가요?"

사무진이 다시 한 번 고개를 갸웃했다.

사도맹과 무림맹이 부딪치면 어떻게 될까.

얼마 전에 문득 궁금해졌던 적이 있었다.

그래서 사무진이 던진 질문에 다른 사람도 아닌 뇌마 노인
이 직접 앙패구상이라고 대답했었다.

다시 말해 사도맹과 무림맹이 가진 힘은 엇비슷했다.

저울 위에 올려놓는다고 해도 어느 한쪽으로 크게 기울어
지지 않을 정도로.

"오호. 이제 알겠군요."

"뭘 알겠단 말이냐?"

"앙패구상, 그리고 어부지리. 석 달 뒤에 그곳에서 무림맹
이랑 사도맹이 신나게 한판 벌여서 양쪽 모두 망하면 그때 우
리가 나서서 마도천하를 만드려는 것이 뇌마 노인의 계획이
로군요."

사무진이 마침내 알아냈다며 기쁘게 소리쳤지만, 정작 뇌
마 노인은 한심한 눈빛을 던지고 있었다.

"사도맹주 호원상, 마교의 교주와 달리 똑똑한 자다."

"그래요?"

"앙패구상이 될 것을 뻔히 알면서 그런 싸움을 벌일 리가 없지."

"그럼 명석한 뇌마 노인의 고견을 들려주시죠."

가시가 박힌 이야기를 듣고 마음이 상한 사무진의 퉁명스런 대꾸를 듣던 뇌마 노인이 이를 갈며 다시 입을 뗐다.

"사도맹주는 예전 마교를 무너뜨릴 때와 비슷한 방법을 쓰려 하고 있다."

"똑똑하다는데 창의성은 별로 없네요. 뭐, 어쨌든 그래서요?"

"우린 그 계획을 알고 있지."

"한 번 당해봤으니까 알겠죠."

"크흠. 우린 그걸 역으로 이용할 생각이다."

"황보세가!"

"그래, 황보세가. 하지만 그게 다가 아니다."

"그럼요?"

"사도맹주는 치밀한 자다. 이번 계획을 위해서 꽤나 오랫동안 공들여 준비했어. 겨우 황보세가만이 아니라 전부 여섯 곳의 문파의 수장을 자기 사람으로 바꿔치기 했지. 하지만 호원상은 꿈에도 모를 것이다. 우리가 찾아가 그들을 제거하고 원래 주인들이 자리를 되찾았다는 사실은."

뇌마 노인이 득의만만한 표정을 지었다.

마교를 비우고 떠났던 것은 이것을 해결하기 위해서였다.

그리고 이제는 결실을 맺을 날이 얼마 남지 않았다.

"그 자리에 우리도 참석해야겠네요."

"그렇지."

"뭐, 어려운 일은 아니죠. 회식하는 셈치고 가면 되니까. 그런데 유정생이 물러나면 다음 무림맹주는 누가 되죠?"

사무진이 호기심을 드러냈다.

그리고 이번 질문에 대한 대답은 홍연민이 했다.

"여러 가지 소문이 돌고 있지만 아마도 우리가 알고 있는 자가 차기 무림맹주가 될 듯하네."

"우리가 알고 있는 사람? 그게 누군데요?"

홍연민이 별것 아니라는 듯 대답했다.

"권왕 서붕!"

第三章
동상이몽

荷蒸乳蒸煎棗陽細賜芙福佑弟子
至大改元四月佛洽道青廣爲傳衛
日弟子趙孟頫敬書長壓荷莘
老石演此真妙偈竟

"들어오게!"

낮게 깔린 호원상의 음성이 흘러나왔다.

허락을 득하고 잠시 망설이던 요진걸이 집무실 안으로 들어섰다.

그런 그가 미간을 찌푸렸다.

집무실 안에 풍기고 있는 것은 알싸한 주향.

이미 오랜 시간 호원상의 곁에서 보필하며, 일주일에 서너 번은 드나들었던 그의 집무실이었지만 주향이 풍긴 것은 처음이었다.

그리고 이렇게 발걸음이 무거웠던 적도 처음이었다.

"그렇게 멍하니 서 있지 말고 이리 앉게."

"보고드릴 것이······."

"다음에 듣지."

"······."

"오늘은 마주 앉아 술이나 한잔하세."

호원상의 목소리는 단호했다. 그래서 요진걸이 더는 거부하지 못하고 호원상이 권한 자리로 다가갔다.

그리고 자리에 앉으려던 요진걸이 멈칫했다.

'눈물?'

처음에는 잘못 본 것이라 생각했다.

해서 다시 살폈지만 호원상의 두 눈은 뿌옇게 흐려져 있었다.

그제야 보이기 시작했다.

상대를 압도하는 기세를 뿜어내며 다른 이의 앞에서는 단한 치의 빈틈도 드러내지 않던 평소의 호원상이 아니라는 사실이.

오늘 그는 빈틈을 드러내고 있었다.

그것도 한두 군데가 아니었다.

지금 어깨를 늘어뜨리고 웅크리고 앉은 채로 술병을 기울이고 있는 그의 등이 안쓰럽게 느껴질 정도로.

그런 호원상의 어깨를 무겁게 짓누르고 있는 것은 고독이
었다.

그리고 그는 어깨 위에 내려앉아 있는 고독의 무게를 감당
하기 힘들다는 기색을 역력히 드러내고 있었다.

"자네도 한잔 받게."

술잔을 내밀어 술이 채워지기를 기다리며, 요진걸이 어렵
게 입을 열었다.

"공자님들의 일은 유감입니다."

호원상의 표정이 일순 굳어졌다.

그러나 그는 내색하지 않고 술잔을 마저 채웠다.

"죽일 생각이었어."

"일공자님을 말씀하시는 겁니까?"

"그래. 모자라다고 생각했거든."

"……."

"내가 가진 모든 것을 둘째 놈에게 물려줄 생각이었어. 그
런데 그놈마저 죽어버렸지."

"여러 가지 예상치 못했던 일들이 겹치며……."

"됐네. 약한 자는 죽는 것이 강호. 그런 변명이 무슨 소용
이 있을까. 다만 말일세, 괜찮을 줄 알았네."

"……?"

"아무렇지도 않을 거라 생각했는데 그렇지 않군."

'위험하다!'

허무한 미소를 지은 채 술잔을 들어 올리는 호원상을 바라보던 요진걸의 머릿속에 맹렬한 경종이 울리기 시작했다.

지금 호원상은 평정심을 잃었다.

그런 상황에서 자신을 이곳으로 불렀다.

그리고 호원상이 자신을 부른 이유는 단순히 술잔을 나누며 하소연을 털어놓을 친구가 필요해서가 아닐 터였다.

아무리 약해졌다 하나 그 정도로 약한 호원상은 아니었다.

"마음이 급해져."

비어버린 술잔을 다시 채우며 호원상이 입을 뗐다.

"얼마 전까지만 해도 무림맹과 사도맹 사이의 균형을 무너뜨리면 그걸로 충분하다고 생각했어. 거기까지가 내가 할 일이라 생각했네. 하지만 뒤를 이어받을 자가 없다는 것이 자꾸 마음을 급하게 만드는군."

왜 그렇지 않을까.

아끼든, 아끼지 않았든 피가 섞인 자식들이었다.

그의 뒤를 이어서 사도맹이란 단체를 이끌어 갈 것이라 믿었던 자식 둘을 모두 잃었는데 그 마음이 어떨지 짐작조차 가지 않았다.

"이럴 때일수록 마음을 단단히 먹으셔야 합니다."

"자넨 내가 이대로 무너질까 두려운가 보군."

"맹주님만 바라보고 있는 수많은 맹의 식솔들을 생각하셔야 합니다."

"그래야겠지."

"마교는 제가 알아서 처리하겠습니다."

사도맹의 후계자 둘을 모두 잃은 지금, 아무 일도 없었다는 듯이 이대로 넘어갈 수는 없는 노릇이었다. 그래서 요진걸이 확신에 찬 목소리로 복수를 장담했지만 호원상은 힘없이 고개를 흔들었다.

"어떻게?"

"그야 맹 내의 고수들을 엄선해서……."

"누굴 보낼 텐가?"

"……."

"혈랑여희가 당했어. 마교의 교주에게 손도 제대로 써보지 못하고 일방적으로 당했다고 하더군."

"……."

"사무진이라는 놈을 감당할 만한 자가 맹 내에 있는가?"

요진걸이 쉽게 대답을 꺼내지 못하고 망설였다.

사도맹 서열 삼위에 올라 있던 혈랑여희 사연랑이 죽었다.

절정을 넘어 절대의 경지에 올라섰다고 평가받던 그가 사무진의 손에 죽었다.

그것도 일방적으로 패했다는 소문까지 들렸다.

비록 소문에 불과하지만, 그리고 소문이란 원래 부풀려지게 마련이지만 사도맹 서열 삼위에 올라 있던 혈랑여희 사연랑이 사무진의 손에 죽은 것은 사실이었다.

현재 맹 내에 남아 있는 고수들 중에 사연랑보다 더 강하다고 확실히 말할 수 있는 자가 누가 있을까.

"내가 직접 가야 해."

그 말이 옳았다.

지금 상황으로는 맹 내에서 감히 사무진을 죽일 수 있다고 확신할 수 있는 인물은 호원상뿐이었다.

"하잘것없는 늑대라 생각했는데 범이었습니다."

"고작 범일까?"

호원상이 쓴웃음을 지었다.

그리고 그 웃음을 확인한 요진걸이 긴장할 때였다.

"범이 아니라 용이더군."

"그 정도는 아닌 듯……."

"맞네. 내 눈은 정확하지."

요진걸의 말을 자르며 호원상이 단언했다.

그러나 그 말을 꺼내면서도 긴장한 기색은 아니었다.

"그자는 분명 용이야. 그렇지만 안타깝게도 시운을 잘못 타고났어. 그리고 시운을 잘못 타고난 용은 승천해서 그 뜻을 펼쳐 보기도 전에 사냥당하고 말지. 그 불운한 용을 사냥하는 무대로는 무림맹이 좋겠군."

"그 말씀은?"

"자네 생각대로일세. 그날이 괜찮지 않겠는가?"

"……."

"서붕, 그자에게 좋은 무대를 준비하라 이르게."

그 말을 마지막으로 호원상이 손을 내저었다.

명백한 축객령.

아직 할 말이 남아 있었지만 요진걸은 더 이상 아무런 말도 하지 못하고 물러날 수밖에 없었다.

그리고 가슴을 답답하게 만들 정도로 무거운 공기가 내려앉아 있던 집무실을 빠져나온 요진걸이 긴 한숨을 토해냈다.

일공자는 권왕 서붕과 손을 잡으려 했다.

아니, 아마 마지막 순간까지도 자신이 서붕과 손을 잡았다는 사실에 대해서 추호도 의심하지 않았을 터였다.

그러나 그건 일공자의 착각이었다.

호원상은 이미 그것을 훤히 꿰뚫어보고 있었다.

게다가 서붕은 일공자가 생각했던 것보다 야심이 훨씬 큰 인물이었다.

서붕은 자신의 커다란 야심을 채우기 위해서 일공자가 아니라 호원상에게 손을 내밀었다.

그리고 준비된 계획은 착실히 진행되고 있었다.

그런데 왜일까.

이상하게 불안했다.

뭔가 어긋났다는 느낌이 들었지만 대체 어느 부분이 잘못되었는지 아무리 되짚어봐도 알 수가 없었다.

"괜한 기우일 뿐이겠지."

자꾸만 파고드는 불안감을 떨쳐 내기 위해서 요진걸이 애써 밝은 표정을 지었다.

*   *   *

"이게 무슨 짓이냐?"

서붕의 눈꼬리가 파르르 떨렸다.

그리고 노기 섞인 음성을 토해냈지만 서문유는 조금도 움츠러들지 않았다.

오히려 그의 두 눈에 떠올라 있는 독기가 짙어졌다.

"보십시오."

"네놈이 감히……."

"보라고 하지 않았습니까?"

"지금 무슨 소릴……?"

"어찌 부모 된 자로서 자식이 떠나는 마지막 모습도 바라보지 않고 외면하려 하시는 겁니까?"

거의 악을 쓰듯 소리를 지르고 있는 서문유를 바라보던 서붕은 당혹스런 표정을 감추지 못했다.

서문유는 본처가 아닌 기녀에게서 얻은 자식이었다.

당연히 다른 이들에게 그 관계가 드러나서는 안 되었다.

가지고 있는 아주 사소한 흠조차도 크게 부각되는 것이 높은 위치에 올라 있는 자가 감수해야 하는 숙명.

더구나 지금처럼 중요한 시기에는 더욱더 각별히 조심해야 했다.

"이놈, 대체 무슨 말을 하는 것이냐? 당장 그 입을 닥치지 못하겠느냐?"

그래서 다시 한 번 노기 섞인 호통을 쳤지만 서문유는 입을 다무는 대신 피식 하고 실소를 터뜨렸다.

"그렇겠지요."

마치 이런 반응을 예상했다는 듯이 자조 섞인 웃음을 흘리던 서문유는 서붕의 시선을 피하지 않은 채 다시 입을 뗐다.

"제 존재가 알려져서는 안 되겠지요. 그렇다면 차라리 저를 죽이지, 대체 왜 지금까지 살려두셨습니까? 그때 죽여 버렸다면 지금처럼 벌벌 떨지 않아도 되고 좋지 않습니까?"

"네놈이 감히……."

"좋습니다. 원하시는 대로 해드리지요."

"······?"

"눈앞에서 사라져 드리겠습니다. 그렇지만 갈 때 가더라도 지금 이 말씀만은 드려야겠습니다."

서문유가 비틀거리며 한 걸음 옆으로 물러났다.

"저를 봐달란 것이 아닙니다. 어차피 당신에게서 따뜻한 눈빛 따위는 기대한 적도 없었으니까요."

"······?"

"하지만 불쌍한 옥령이의 마지막 모습은 봐야 할 것 아닙니까?"

서붕의 신형이 움찔했다.

서문유가 옆으로 물러난 후에야, 그가 끌고 온 수레에 실려 있는 하나의 관이 눈에 들어왔다.

그리고 그 관을 바라보다 보니 갑자기 불안해졌다.

"그게··· 무슨 소리냐?"

"불쌍한 옥령이가··· 죽었습니다."

"죽다니? 대체 누가 죽었다는 말이냐?"

"외면하려 하지 마십시오. 그런다고 해서 달라지는 것은 없으니까요."

서문유의 말투는 여전히 차가웠다.

그리고 그제야 장난이 아니라는 것을 깨달은 서붕이 작금의 상황을 제대로 이해하기 시작했다.

"옥령이가 죽다니?"

쿵.

가슴이 덜컥 내려앉았다.

자리에 앉아 있지 못하고 어느새 다가와 서문유의 멱살을 거칠게 틀어쥔 채, 서붕이 소리를 질렀다.

"그럴 리가… 없다!"

"……."

"대체 누가? 대체 어떤 놈이 옥령이를?"

"당신이지요."

서문유가 지체하지 않고 꺼낸 대답을 듣고서 힘껏 멱살을 틀어쥐고 있던 서붕의 양손에서 힘이 빠져나갔다.

"당신의 욕심을 채우기 위해서 이 가여운 아이를 사지로 밀어 넣었던 것이 아닙니까? 부인하시는 겁니까?"

자신도 모르는 사이 뒷걸음질을 치던 서붕이 힘겹게 걸음을 뗐다.

그리고 수레에 실린 관 앞으로 다가가 차마 관뚜껑을 열어 보지 못하고 어루만지기 시작했다.

"사지(死地)라니… 그럴 리가 없다. 그들은……."

"그들을 믿었습니까?"

"분명히 내게 약조했거늘. 그들이 대체 왜 이런 짓을……."

"한 번도 자기 뜻대로 인생을 살아보지 못한 가여운 아이입니다. 언제나 당신의 꼭두각시였을 뿐이었지요. 과연 딸이라고 생각하기는 했습니까? 그저 당신의 욕망을 채울 수단이나 도구로 여겼던 것이 아닙니까?"

　"……."

　"불쌍한 옥령이의 인생이나 행복에 대해서 지금까지 단 한 번이라도 진지하게 생각해 보신 적이 있습니까?"

　서문유의 말투는 평소와 달리 신랄했다.

　하지만 서붕은 그것을 탓할 생각도 하지 못했다.

　힘없는 손으로 관을 어루만지며 딸아이를 떠올렸다.

　지금 꺼내고 있는 서문유의 말이 옳았다.

　욕망에 눈이 멀었다.

　그래서 한 번도 생각해 본 적이 없었다.

　옥령이의 인생이나 행복에 대해서는.

　기억이 나지 않았다.

　아직 철이 들지 않았던 일곱 살 이후에 옥령이가 환하게 웃는 모습이 아무리 생각해 봐도 떠오르지 않았다.

　대신 점차 표정이 사라져 가던 딸아이의 얼굴만이 떠올랐다.

　"전 그 옷이 싫어요."

"억지로 웃고 싶지 않아요."

"그 사람은 만나기 싫어요. 날 훑어보는 눈빛이 기분 나빠요."

왜 귓등으로 흘렸을까.

왜 한 번이라도 딸의 입장에서 생각해 보지 않았을까.

자신의 욕망을 채우기 위해서 천하제일미라 불리던 딸을 도구로 여겼다.

그리고 그 결과는 딸의 죽음이었다.

"차기 무림맹 맹주로 당신의 이름이 거론되고 있더군요. 그렇게 발버둥치지 않아도, 가여운 옥령이를 죽음으로 내몰지 않았어도 얻을 수 있는 자리였는데."

"……"

"어쨌든 당신의 꿈을 이루었군요. 대체 어디까지 갈 생각인지 몰라도 하나는 잊지 마시길 바랍니다, 제가 지켜보고 있다는 사실을."

마지막으로 서옥령의 시신이 담겨 있는 목관을 향해 시선을 던진 서문유가 신형을 돌렸다.

하지만 서붕은 서문유가 떠나는 것도 알지 못했다.

그는 반쯤 넋이 나간 표정으로 관을 쓰다듬고만 있었다.

첨벙. 첨벙.

유가연을 위해 유정생이 무림맹 내에 만들어준 자그마한 인공 연못.

그 연못 안에는 팔뚝만큼 굵은 황금 잉어들이 돌아다니고 있었다.

수면 위로 뛰어올라 파문을 만들어낸 후, 마치 자신들이 한 일이 아니라는 양 시치미를 뚝 떼고 꼬리를 흔들며 유유히 물속을 돌아다니고 있는 황금 잉어들을 응시하던 유가연이 미간에 내천자를 만들었다.

잔뜩 화가 난 표정을 지은 채 아버지가 했던 말이 떠올랐다.

"그깟 놈 잊어버려."

참 쉬운 말이었다.

아버지 말처럼 눈 한 번 딱 감으면 되는데 그게 맘처럼 되지 않았다.

"그게 그렇게 쉽지가 않네."

"날씨도 쌀쌀한데 여기서 혼자 뭘 하십니까?"

쓸쓸한 표정으로 혼잣말을 중얼거리고 있던 유가연이 고개를 돌렸다.

"허 대주님이 웬일이야?"

아버지의 수신호위 역할을 맡고 있기에 웬만해서는 자신의 앞에 모습을 드러내지 않던 허민규가 다가오는 것을 확인하고 유가연의 얼굴에 의아한 빛이 떠올랐다.

"그 친구가 전해달라는 말이 있어서요."

"그 친구? 누구?"

"아시잖습니까?"

"아저씨?"

"네, 맞습니다."

"뭐라고 그러던데?"

"고집 그만 피우고 슬슬 돌아오라고 그러던데요."

"진짜?"

유가연의 표정이 눈에 띄게 밝아졌다.

하지만 그도 잠시, 낯빛이 다시 어두워졌다.

"왜요, 돌아가시기 싫으신 겁니까?"

"그건 아닌데……."

"그냥 돌아가려니 자존심이 상하시는 거군요."

쉽게 대답하지 못하고 고개를 푹 숙인 채로 애꿎은 땅만 노려보고 있던 유가연이 고개를 들었다.

"허 대주님은 어떻게 그렇게 잘 알아?"

"다 이유가 있지요."

"뭔데?"

"사실 저도 아가씨와 비슷한 처지에 처해 있습니다."

"그게 무슨 소리야?"

"아내와 별거 중이거든요."

쓸쓸한 웃음을 띤 채 허민규가 꺼낸 대답을 듣고서 유가연이 이해가 가지 않는 듯 고개를 갸웃했다.

"왜 별거 중이야?"

"싸웠습니다. 아주 사소한 것이 계기가 되어서 싸우고 난 뒤에 수습하지 않고 내버려 두었더니 문제가 커져 버렸습니다. 더 늦기 전에 찾아가 보려고 합니다. 솔직하게 내 마음을 전하고 잘못을 빌면 용서해 주겠지요."

"진짜… 그러면 될까?"

"네?"

"솔직하게 내 마음을 전하고 잘못을 빌면 다시 예전처럼 될까?"

"안 될 수도 있지요."

"……?"

예상외의 대답에 유가연의 표정이 시무룩해졌다.

하지만 허민규의 이야기는 아직 끝이 아니었다.

"하지만 한 번 시도해 보지도 않고 포기하는 것보다야 낫겠지요. 밑져야 본전 아니겠습니까?"

빙그레 웃으며 허민규가 덧붙인 이야기를 듣고서 유가연이 힘껏 고개를 끄덕였다.

그리고 잠시 생각에 잠겨 있던 그녀가 허민규를 바라보며 입을 뗐다.

"허 대주님 별거는 아빠 때문이지? 매일 부려먹기만 하고 집에도 잘 보내주지 않아서 이렇게 된 거잖아."

"솔직히 무관하다고 할 수는 없지요."

"내가 아빠한테 그러지 말라고 할게."

"괜찮습니다. 이제 맹주님이 물러나시면 저도 한가해질 테니까요."

"아, 그렇구나. 이제 얼마 안 남았지."

"서운하십니까?"

그 사실이 떠올라서일까. 힘없이 대꾸하는 유가연을 확인하고서 허민규가 질문했다.

"아니, 그런 건 아닌데……."

"……?"

"갑자기 그런 생각이 들어서. 지금까지는 무림맹주의 하나밖에 없는 딸이었지만 이젠 진짜 아무것도 아니구나 하는."

"그래서요?"

"그래서 더 아저씨한테 찾아갈 자신이 없어지네."

풀 죽은 목소리.

왠지 초라하다는 느낌이 드는 웃음을 머금고 있는 유가연을 바라보던 허민규가 어깨를 다독여 주었다.

"아가씨에게 그런 웃음은 어울리지 않습니다."

"하지만……."

"제가 도와드릴까요?"

"허 대주님이 어떻게?"

"저 못 믿으십니까? 못하는 것이 없는 저 아닙니까? 아가씨는 제가 시키는 대로 하시기만 하면 됩니다."

지금도 그리 큰 키는 아니었지만 유가연의 머리가 겨우 허리에 닿을까 말까 할 때부터 봐왔던 허민규였다.

그 긴 시간 동안 곁에서 지켜봐 왔더니 어느새 자식 같은 감정이 깃들었다.

그리고 그런 그녀가 어느새 이만큼 커서 사랑을 하고, 사랑 때문에 아파하는 것을 보니 대견하기도 하고 안쓰럽기도 했다.

"진짜 허 대주님이 시키는 대로만 하면 돼?"

"그럼요."

잔뜩 주눅이 들어 있는 모습이 눈에 밟혔다.

유가연에게는 저런 힘없는 웃음 대신 환한 웃음이 어울렸다.

그리고 기대에 찬 표정으로 두 눈을 빛내고 있는 유가연을 바라보며 허민규가 쓴웃음을 지었다.

'내 앞가림도 못하면서 이놈의 오지랖은……'

이번 일이 대충 마무리되는 대로 별거하고 있는 부인에게 찾아가 사과해야겠다는 다짐을 하며 허민규가 유가연의 손을 잡고 이끌었다.

*　　　*　　　*

"카아, 쓰다."

봉일춘이 오만상을 쓰며 술잔을 내려놓았다.

어떻게 된 건지 이놈의 화주는 벌써 십 년이 넘게 마시고 있었는데도 불구하고 전혀 적응이 되지 않았다.

쓰고 독하다고는 하나 그만큼 마셨으면 슬슬 익숙해질 만도 한데 마시면 마실수록 더 독해지는 것만 같았다.

하지만 오늘만큼은 화주가 독하다는 것이 마음에 들었다. 소매를 들어 입가에 묻은 술을 닦아낸 후 침통한 표정으로 봉일춘이 거칠게 술병을 들어서 술잔을 채웠다.

요화 서옥령이 죽었다고 했다.

천하제일미라 알려진 그녀가 죽었다는 소식을 듣는 순간, 일손을 모두 놓아버리고 객잔으로 달려왔다.

실제로 얘기를 나눠본 적도 없었고, 먼발치에서조차 본 적이 없었지만 마치 가까운 식솔이 죽은 것처럼 슬픔이 밀려왔다.

"미인박명이라더니……."

오늘따라 객잔 안의 분위기가 무겁게 가라앉은 것도 이와 무관하지 않으리라.

연거푸 몇 잔의 술잔을 비우자 슬슬 취기가 올라왔다.

그리고 궁상맞게 객잔 구석에 홀로 앉아서 술잔을 비우고 있는 자신의 신세가 처량하게 느껴졌다.

"나쁜 놈!"

그래서 사무진의 얼굴이 불현듯 떠올랐다.

쓰디쓴 화주였지만 돌이켜 생각해 보니 그놈과 함께 주거니 받거니 하며 술잔을 나눠 마실 때는 지금처럼 쓰지만은 않았던 것 같았다.

개똥철학이라 해도 서로의 얼굴에 침을 튀겨가며 인생과 우정, 사랑을 논할 때는 흥이 났는데.

그런데 그놈은 이제 없었다.

이곳을 떠나 자신의 손길이 닿지 않는 먼 곳으로 가버렸다.

마교의 교주라니.

꿈에도 생각지 못했다.

그 멍청한 놈이 마교의 교주가 될 줄은.

"인생사 요지경이라더니. 쳇, 하나도 안 부럽다."

탁 소리가 나게 탁자 위에 술잔을 내려놓으며 한마디를 꺼냈지만, 마지막 말은 거짓말이었다.

솔직히 부러웠다.

뒷골목이나 어슬렁거리다 이름도 남기지 못하고 바스러지는 자신과 달리, 사무진은 이미 자신의 이름 석자를 강호에 널리 알리고 있었으니까.

"에잇, 나쁜 놈!"

신경질이 났다.

그리고 자그마한 술잔에 따라 마시는 화주는 감칠맛만 났다.

그래서 술병째로 입에 가져가던 봉일춘이 눈을 크게 떴다.

객잔 안으로 한 여인이 들어오고 있었다.

뭐, 객잔 안에 요기를 위해서 여인이 들어오는 것이야 이상할 것도 없지만, 여인은 무척 아름다웠다.

더 신기한 것은 그 아름다운 여인이 자신의 앞으로 다가온다는 것이었다.

그래도 설마 하고 생각했다.

근처에 아는 사람이 있을 것이라 여겼는데 그 여인은 진짜 봉일춘의 앞으로 다가와서 멈추었다.

"누구?"

입에 물고 있던 술병을 간신히 떼고, 봉일춘이 여인을 살피며 물었다.

얼굴의 반을 차지할 것 같은 커다란 두 눈.

살짝 파여 있는 볼우물.

박속같이 하얀 치아를 드러내며 미소 짓고 있는 여인은 너무 귀여웠다.

깨물어주고 싶을 정도로.

혹시나 술기운 탓에 헛것을 본 것이 아닐까 하는 생각이 들어서 힘껏 고개를 흔들고 다시 살폈지만, 잘못 본 것은 아니었다.

게다가 객잔 안에서 술을 마시고 있던 다른 이들조차 너처럼 못생긴 놈이 어찌 저리 귀여운 아가씨를 알고 있는냐는 듯 시기와 질투가 담긴 시선을 던지고 있었다.

그래서 어깨에 절로 힘이 들어갔지만, 봉일춘은 곧 정신을 차렸다.

아무리 기억을 떠올려 봐도 처음 보는 여자였다.

그리고 지금까지의 경험으로 봐서 저 여자가 자신의 외모에 반해서 다가온 것은 절대 아닐 터였다.

뭔가 노리는 것이 있을 터.

"너 요물이지?"

퍼뜩 경계심이 깃들어 위협하듯 술병을 휘저으며 소리쳤지만 여인은 겁을 먹거나 당황하기는커녕 웃었다.

그리고 이상한 말을 했다.

"엉뚱한 걸 보니 아저씨 친구, 맞네."

"말을 하는 것을 보니 사람이구나."

"맞아요. 그것도 엄청 예쁜 사람!"

배시시 웃던 여인이 허락도 없이 맞은편에 앉은 후 봉일춘에게 술잔을 내밀었다.

"나도 한잔 줘요."

"아직 어린 것 같은데 술 마셔도 돼?"

"어라, 생긴 거랑 다르게 고리타분한 것도 비슷하네."

"에라, 모르겠다. 한잔 마셔라. 그런데 넌 누구냐?"

"내 이름은 유가연."

"유가연?"

봉일춘이 고개를 갸웃했다.

어디선가 들어본 적이 있는 것 같은데 치밀어오르는 취기로 인해서 흐리멍덩하게 변한 머릿속에서 명확히 떠오르지 않았다.

"이름 예쁘네."

그래서 더 이상 떠올리려던 노력을 포기한 채 봉일춘은 아까부터 이상하게 생각하던 것을 물었다.

"그런데 나 알아?"

"알아요."

"어떻게?"

"나쁜 마교의 교주 친구잖아요."

아리따운 여인의 등장으로 인해 기분이 좋아져서 웃으며 술을 목구멍으로 넘기던 봉일춘이 사레에 걸려 켁켁거렸다.

"암, 나쁜 놈이지."

"그렇다니까요. 진짜 나쁜 아저씨예요."

"그뿐인가? 아무래도 그놈은 제정신이 아닌 놈이야. 어떻게 너처럼 귀여운 아가씨의 마음을 아프게 해?"

"아이, 참. 귀여운 게 아니라 예쁜 거라니까요."

"아, 나의 실수! 자, 한잔하자고."

"좋아요. 딸꾹!"

쨍.

사기로 만든 술잔이 깨지지 않을까 하는 걱정이 들 정도로 힘차게 부딪친 두 사람이 술잔을 입으로 가져갔다.

이미 취기가 올라서 헤롱거리고 있던 봉일춘이 반쯤 풀린 눈으로 유가연을 바라보며 입을 뗐다.

"그런데 왜 차였어?"

"아저씨가 한눈을 팔아서요."

"뭐라고? 그 나쁜 놈이 그런 짓까지 했어?"

봉일춘은 금세 흥분했다.

그리고 만약 사무진이 앞에 있었더라면 당장에라도 주먹을 날릴 기세로 일어섰던 봉일춘이 한숨을 내쉬고 힘없이 주저앉았다.

"그놈, 마교의 교주지. 이젠 싸워도 이기지도 못하겠네."

"원래 싸움은 아저씨가 더 잘했다고 그러던데요."

"내가 봐준 거야."

"어쨌든 지금은 안 되요. 혈랑여희 사연랑도 이겼다던데요."

콧김을 씩씩 내뿜으며 봉일춘이 대꾸했지만 이어진 유가연의 이야기를 듣고서 힘없이 고개를 끄덕였다.

"다음에 때리지 뭐."

"언제요?"

"다시 만나면."

"그럼 저랑 같이 아저씨한테 갈래요?"

"왜?"

"가서 혼내줘요. 저처럼 예쁜 아가씨를 곁에 두고 한눈을 팔았으니까 가서 혼쭐을 내줘요."

유가연의 부탁을 들은 봉일춘이 각오를 다지듯 두 주먹을 불끈 움켜쥐었다.

"암, 내가 도와줘야지."

"정말요?"

"그럼, 그놈은 내 앞에서 찍 소리도 못해."

반쯤 눈이 풀린 채 그다지 믿기 힘든 큰소리를 치고 있던 봉일춘의 두 눈에 한순간 초점이 돌아왔다.

"그럼 아가씨는 내게 뭘 해줄 거야?"

예상치 못한 질문에 유가연이 흠칫했다.

그리고 고개를 끄덕였다.

허민규의 말이 옳았다.

멍청한 듯 보이지만 영악한 면이 있는 자라는.

하지만 봉일춘이 이렇게 나올 것이라는 것을 미리 예상하고 있었기에 대응 방안도 마련해 둔 후였다.

"우리 집에서 일하는 예쁜 언니들이 엄청 많아요. 소개해 줄게요."

"진짜 예뻐?"

"나보다는 조금 못하지만."

"진짜 조금이지?"

"그럼요. 아주 조금."

도검 대신 거짓이 난무하는 대화가 이어졌다.

"좋아."

"좋아요."

하지만 두 사람은 그 상황에서도 용케 합의점을 도출해 내는 성과를 이루었다.

그리고 각자 다른 꿈에 부푼 채 앞에 놓인 술잔을 들어 올려 부딪쳤다.

*　　　*　　　*

대체 무슨 생각을 하는 걸까.

주작단을 이끌고 마교에 다녀온 후 유정생은 분명 기분이 가라앉아 있었다.

평소와 다를 바 없이 김이 모락모락 올라오고 있는 용정차를 앞에 두고 눈을 반개한 채 앉아 있는 유정생을 바라보다 허민규가 조심스레 입을 뗐다.

"아가씨께서 또 가출하셨습니다."

"그래?"

"이번이 정확히 백서른한……."

"하던가 말던가."

"네?"

"요즘 한가한가 보지? 그런 것이나 세고 있는 것을 보니."

유정생의 핀잔을 듣고 허민규가 입을 다물었지만, 그래도 못마땅한 표정까지는 지우지 못했다.

그리고 진짜 유정생의 임기가 끝나면 무림맹을 떠나 지금 받는 녹봉의 두 배를 주겠다고 약속한 마교로 투신해야겠다는 결심을 굳힐 때였다.

"지금 무슨 생각 하나?"

"아무것도… 아닙니다."

예리한 눈빛으로 쏘아보며 유정생이 던진 질문을 듣고 허를 찔린 허민규가 우물쭈물하며 대답했다.

하지만 그냥 넘어갈 유정생이 아니었다.

"무림맹을 떠날 생각인가 본데 쉽지 않을 걸세."

"그런 것이 아니라……."

"내가 남아 있는데 자네가 떠나서는 안 되지."

귀신같이 속마음까지 읽고 있는 유정생으로 인해 혀를 내두르던 허민규가 두 눈을 가늘게 떴다.

유정생의 임기는 불과 석 달도 남아 있지 않았다.

그리고 맹주로서의 임기가 끝나면 무림맹을 떠나는 것이 관례.

하지만 유정생은 지금 자신의 임기가 끝나도 무림맹을 떠나지 않겠다는 폭탄발언을 한 셈이었다.

"대체 그게 무슨 말씀이십니까?"

"말 그대로일세."

"하지만……."

"내가 차기 무림맹주로 다른 사람이 아닌 외당 당주를 추천하고 강력하게 지지한 것을 자네는 이상하다고 생각하지 않았는가?"

유정생이 던진 질문은 분명 갑작스러운 면이 없지 않아 있었지만, 허민규는 부인하지 않고 고개를 끄덕였다.

사실 이해가 가지 않는 면이 없지 않아 있었다.

무림맹에 몸담은 적이 없는 정파의 무인들 가운데 인품이 훌륭하고, 무공이 뛰어난 자가 맹주 자리를 맡는 것이 일반적이었다.

실제로 얼마 전까지 차기 무림맹주로 거론되던 인물들의 면면을 살펴보면 구대문파와 오대세가의 장로 급이 대부분이었다.

하지만 유정생이 돌연 외당 당주인 서봉을 추천하고 강력하게 지지하며 돌아가는 상황이 급변했다.

"사실 이해가 가지 않습니다."

허민규가 솔직히 대답했다.

사실 외당 당주 직책을 맡고 있는 서봉과 무림맹주를 맡고 있는 유정생은 그다지 사이가 돈독한 편도 아니었기에.

"아까도 말했지만 난 무림맹주 자리에서 물러나지 않을 작정이네. 그리고 그러기 위해서 외당 당주를 차기 무림맹주로 추천했지."

유정생의 설명이 이어졌지만 허민규는 여전히 알아들을 수 없었다.

아니, 오히려 더 혼란스러워졌다.

"원래는 임기가 끝나면 조용히 물러나려 했네. 하지만 상황이 급변하며 좋은 기회가 생겼지. 난 사도맹과 마교를 강호에서 지울 생각이네."

허민규가 숨을 들이켰다.

비록 실없이 느껴질 정도로 격의없는 농을 자주 한다 해도, 유정생은 말만 앞세우는 자가 아니었다.

입 밖으로 꺼냈던 말은 어떻게든 실천으로 옮기는 것이 그였다.

"무슨 생각을 하고 계신 겁니까?"

"무서운 계획을 짜고 있지."

"……?"

"외당 당주가 사도맹과 은밀히 내통하고 있다는 정보를 입수했네."

허민규가 눈을 크게 떴다.

이건 그로서도 들은 적이 없는 극비 중의 극비.

모르긴 몰라도 음영각에서 유정생에게 직통으로 전해진 정보일 것이었다.

"사실입니까?"

"틀림없어."

"언제 아셨습니까?"

"육 개월쯤 전에."

아무렇지도 않게 대꾸하는 유정생을 보며 허민규는 다시 한 번 혀를 내둘렀다.

지난 시간 동안 유정생을 가장 가까이에서 보필하면서 그에 대해서는 속속들이 안다고 자부했다.

표정과 눈빛만 봐도 그가 어떤 생각을 하고 있는지 다 알고 있다고 자신했는데 그건 착각에 불과했다.

지난 육 개월 동안 그 사실을 알고도 전혀 내색하지 않은 것만 봐도 유정생의 심계는 그가 측량할 수 없을 정도로 무서운 것이었다.

"무림맹주라는 자리, 어려운 자리야. 주어진 임기를 모두 채우는 것은 아무나 할 수 있는 일이 아니라네."

그런 허민규의 마음을 짐작이라도 한 듯 유정생이 희미하게 웃으며 말했다.

"그 사실을 알면서도 왜 외당 당주를 그대로 두셨습니까?"

"궁금했네, 대체 뭘 꾸미는지."

"하지만……."

"원래는 제거할 생각이었어. 그렇지만 상황이 바뀌었네. 옥령이의 죽음은 나도 예상치 못했지만 그도 마찬가지였을 걸세."

"……?"

"아마 그는 지금 혼란스러울 걸세."

"그렇겠지요."

틀린 분석은 아니었다.

하지만 그런 그를 이용해 사도맹을 무너뜨린다는 것이 가능할까.

허민규는 뭔가 석연치 않다는 느낌을 받았다.

"사도맹주는 만만치 않은 자입니다."

"알고 있네."

"냉정한 데다가 조심성이 많은 자입니다."

그래서 허민규가 꺼낸 말을 듣던 유정생의 입가에 떠올라 있던 미소가 짙어졌다.

"자네보다 내가 사도맹주에 대해서는 더 잘 알고 있네. 지난 시간 동안 치열하게 싸워왔으니까."

역시 부인하기 어려운 이야기.

"원래라면 그는 섣불리 움직이지 않을 걸세. 작은 것을 탐

해서 움직일 정도로 조심성이 없지 않으니까. 하지만 상황이 변했지."

"자식들이 죽은 것을 말씀하시는 겁니까?"

"자식의 죽음 앞에 초연할 수 있는 부모는 없네. 그리고 자식을 잃은 상실감은 마음을 급하게 만드는 법이지."

유정생이 확신에 찬 목소리로 대답했다.

그리고 허민규는 가슴이 섬뜩해졌다.

조금 전 그의 말대로 무서운 계획.

하나 이해가 가지 않는 부분이 남았다.

"마교를 지운다는 것도 이번 계획에 포함된 겁니까?"

"그래."

"하지만 마교가 그날 참석할 리가 없지 않습니까?"

"올 것이네. 아니, 틀림없이 오네."

역시 확신에 찬 목소리로 유정생이 대답했다.

"사도맹주가 마음이 급한 것과 다른 이유로 마교의 장로들도 마음이 급할 걸세. 그러니 이번 기회를 절대 놓치려 하지 않을 걸세."

"그럴까요?"

"두고 보게."

반쯤 식은 용정차를 들어 올려 입가로 가져가는 유정생의 입가로 미소가 떠올랐다.

그리고 그 미소는 지금까지 오랜 시간 유정생의 곁을 지켜
온 허민규로서도 단 한 번도 본 적이 없는 섬뜩하기 그지없는
것이었다.

第四章
불청객

荷葉乳蒸煎棗湯細膩芳馥佐茶子至

大改元四月佛浴道音廣爲傳行於

日弟子趙孟頫敬書長壁前

老君演此真妙絲竟起

"회식이나 하러 가죠!"

오래간만에 사무진이 회식을 제안하자 가장 반긴 것은 심 노인이었다.

"좋은 생각이십니다. 아무래도 우리 마교의 화합을 위한 계기가 필요하다고 생각하고 있었습니다. 오늘은 제가 내겠습니다."

"그건 당연한 거 아니에요?"

어차피 사무진에게 돈이 있을 리가 없었다.

마교의 재정을 책임지고 있는 심 노인이 돈을 내는 것은 당연한 일이었다.

물론 모두가 반긴 것은 아니었다.

대낮부터 아예 침상까지 펴고 방에 드러누운 채 뒹굴거리며 당과를 우물거리고 있던 육소균은 노골적으로 귀찮다는 기색을 드러냈다.

"꼭 가야 되나?"

"가기 싫으면 안 가도 돼요. 다만 이것 하나만 말해줄게요. 오늘 회식은 청하루에서 할 거예요."

"청하루라면… 불도장이 별미로 알려진 곳인데."

"불도장만 잘하는 곳이 아니죠. 얼마 전에 주방장이 새로 왔다고 그러던데, 글쎄 그 주방장이 황실에서 일했다고 하더군요. 그 잘나가던 불하루가 청하루 때문에 망하기 일보 직전이래요."

"나도… 간다."

잠시 버팅기던 육소균은 금세 무너졌다.

그리고 불하루보다도 훨씬 비싸다고 알려진 청하루로 간다는 이야기를 듣고서 물주인 심 노인의 얼굴이 울상으로 변했지만 사무진은 시선조차 주지 않았다.

"자, 그럼 가죠."

육소균이 꿈지럭거리며 일어나서 신발을 신을 때까지 기다린 사무진이 일행을 이끌고 나가려다가 못마땅한 표정을 지었다.

"왜 따라와요?"

따지듯이 묻는 사무진으로 인해 뇌마 노인이 당혹스런 표정을 지었다.

"회식하러 가자면서?"

"다 가면 마교는 누가 지켜요?"

"하지만……."

"벌써 잊었어요? 마도삼기가 없으니까 대신 칠마존이 마교를 지키고 있어요. 아, 우리 심 노인만 빼고."

희대의 살인마들의 얼굴에 불만이 떠올랐다.

그리고 인정할 수 없다는 표정을 짓고 있던 희대의 살인마들 중 뇌마 노인이 대표로 물었다.

"왜 두홍이만 같이 가느냐?"

"여기 남아 있어 봤자 무공도 모르는 심 노인이 무슨 도움이 되겠어요. 그리고 결정적으로 심 노인은 계산을 해야 하거든요."

순식간에 집을 지키는 신세로 변한 희대의 살인마들이 노골적으로 불만을 드러냈지만 사무진은 눈도 꿈쩍하지 않았다.

"싫으면 나가던가."

"흐음."

"끄응."

답답한 신음성을 내뱉고 있는 희대의 살인마들을 남겨둔 채 사무진이 일행을 이끌고 청하루로 향했다.

그리고 청하루 삼층에 있는 귀빈만을 위한 별실에 떡 하니 자리 잡고 주문을 마치자 심 노인이 불편한 표정으로 입을 뗐다.

"교주님!"

"왜요?"

"이왕이면 함께 오는 편이 좋았을 텐데……."

아무래도 마교에 남은 육마존이 마음에 걸리는 듯 심 노인이 넌지시 운을 뗐지만, 사무진은 기다렸다는 듯이 대답했다.

"일부러 떼어놓고 왔어요."

"아니 왜 그러셨습니까? 이제 모두 한식구인데 그래서야 되겠습니까? 흉금을 터놓고 친하게 지내야 하지요."

"그거 어디서 많이 들어봤던 얘긴데. 어쨌든 마음에 들지 않아요."

"대체 무엇 때문에 그러십니까?"

"눈빛을 보면 알아요. 불만이 가득하잖아요."

"설마요?"

"이래 봬도 내가 음모와 귀계의 상징인 마교의 교주예요. 분명히 무슨 음흉한 짓을 꾸미고 있어요."

"그러실 분들이 아닙니다."

"흥!"

가볍게 콧방귀를 뀐 사무진이 군사인 홍연민을 향해 시선을 돌렸다.

"지금 내가 한 말들. 어떻게 생각해요?"

"가능성은 충분하다고 생각하네."

"역시 군사는 상황을 냉정하게 파악하고 있네요."

"한 산에 머무는 호랑이는 한 마리로 충분하지. 원하는 것이 다른 이상, 결국 언젠가는 길이 엇갈릴 수밖에 없지."

"그게 언제일까요?"

"그것이……."

대답하려던 홍연민이 잠시 망설이며 심 노인을 힐끗 살폈다.

"여기서 말해도 되겠나?"

그리고 홍연민이 짓고 있는 표정을 살피며 뭔가를 눈치챈 사무진이 다시 심 노인에게로 고개를 돌렸다.

"결정해요."

"뭘 결정하라는 말씀이십니까?"

"나예요? 아니면 육마존이에요?"

심 노인이 흠칫했다.

"너무 갑작스러운 질문이시라… 허허."

쉽게 대답하지 못하고 머뭇거리고 있는 심 노인을 확인한 사무진이 콧방귀를 뀌며 육소균에게 같은 질문을 던졌다.

"나예요? 아니면 육마존이에요?"

육소균은 심 노인과 달리 주저없이 대답했다.

"난 원래 처음 봤을 때부터 그 늙은이들이 마음에 들지 않았다. 그나저나 왜 불도장이 이리 안 나오지?"

그리고 그것은 장하일도 마찬가지였다.

"나도 그 늙은이들을 처음 보는 순간부터 마음에 들지 않았다. 네가 원한다면 다 죽여 버리마."

"그럴 능력도 없으면서."

사무진이 피식 웃으며 대꾸했다.

그리고 이번에는 홍연민이 고개를 돌려 아미성녀에게 물었다.

"어르신은 누구를 선택하시겠습니까?"

"당연한 것 아닌가?"

"죄송합니다. 일편단심인 어르신의 마음을 잠시라도 의심했으니."

인상을 잔뜩 찡그리고 있는 사무진을 힐끗 살핀 홍연민이 빙긋 웃음을 지은 채로 입을 뗐다.

"그럼 심 장로님만 마음을 결정한다면 모두 끝나는 셈이로군. 자, 이제 더 미루지 말고 대답하시지요. 어느 쪽입니까?"

"그것이 참······."

여전히 난감한 표정을 짓고서 주저하고 있는 심 노인의 코앞으로 얼굴을 들이민 채 사무진이 충고했다.

"신중하게 선택해요. 순간의 선택이 평생을 좌우할 수도 있어요."

"지금 겁 주시는 겁니까?"

"겁을 준다기보다 심 노인의 노후를 걱정하는 제 따뜻한 마음을 표현한 거죠."

심 노인의 표정이 신중하게 변했다.

그리고 잠시 고민하던 심 노인이 사무진을 지그시 바라보며 입을 뗐다.

"저는 교주님을 믿습니다."

"역시 눈치 하나는 빠르네요."

"뭘, 이 정도를 가지고."

"행복한 노후를 보내게 될 거예요."

"감사합니다. 그런데 어쩌실 생각인지 이제 말씀해 주시지요."

칭찬을 듣고 기분이 좋은 듯 히죽 웃고 있던 심 노인이 아까 이야기를 꺼내다 말았던 계획에 대해 호기심을 드러냈다.

그리고 그에 대한 대답을 꺼낸 것은 홍연민이었다.

"아마도 그분들은 자네를 교주 자리에서 몰아내려 할 걸세."

"역시!"

"설마!"

사무진과 심 노인이 엇갈린 반응을 드러냈다.

하지만 그 엇갈린 반응과 상관없이 홍연민은 이야기를 이어나갔다.

"아까도 얘기했지만 산중제왕인 호랑이는 한 산에 한 마리만 필요한 법. 정신 차리고 있지 않다가는 잡아먹히고 말 걸세."

"걱정하지 말아요. 나도 다 생각이 있으니까."

"그렇다면 다행이로군."

"여기 있는 우리가 모두 힘을 합친다면 가능하죠. 자 그런 의미에서 우리끼리 건배 한번 할까요?"

사무진이 잔을 높이 들었다.

그리고 기분 좋게 부딪친 후 술잔을 입으로 가져가던 사무진이 멈칫했다.

예상치 못한 얼굴이 보였다.

"팔자 좋네. 누구는 화주도 없어서 못 마시는데 이렇게 비싼 곳에서 산해진미를 가득 시켜놓고서 죽엽청을 마셔?"

불퉁한 얼굴로 소리치고 있는 것은 봉일춘이었다.

봉일춘이 여기 나타날 것이라고는 꿈에도 생각지 못했기에 사무진은 당혹감을 감추지 못했다.

"너? 네가 여기 웬일이야?"

"볼일이 있어서."

"다시는 보지 말자면서."

사무진이 강호공적인 진짜 마교의 교주가 되었다는 사실을 알고서 봉일춘이 꺼낸, 자신의 가슴을 아프게 만들었던 이야기가 퍼뜩 떠올라 입을 뗐다.

"그러려고 했는데… 꼭 해야 할 말이 생겨서."

"뭔데?"

"마교의 교주가 되더니 배가 불렀구나."

"……?"

"감히 선녀처럼 아름다운 아가씨의 마음을 아프게 해?"

"대체 뭔 소리야?"

사무진으로서는 도통 알아들을 수 없는 이야기.

그리고 봉일춘이 움켜쥐고 있는 멱살을 풀 생각도 않고 있을 때, 문 뒤에 몸을 숨기고 있던 유가연이 삐죽 고개를 내밀었다.

"그 선녀, 나야."

"너! 그게 말이 된다고 생각해?"

사무진이 어이없다는 표정을 지었다.

하지만 유가연은 당당한 표정으로 대꾸했다.

"내가 좀 예쁘잖아."

"넌 귀여운 거라니까."

"됐어. 괜히 부끄러우니까 아닌 척하기는. 그보다 아저씨, 날 그렇게 보고 싶어했다면서. 그랬으면 말을 하지."

"그런 적 전혀 없거든요."

"칫, 그러지 마. 마음에도 없는 말을 하기는."

어느새 봉일춘의 곁으로 다가온 유가연이 날름 혀를 내밀었다.

"왜 이래?"

"아까 이유는 얘기했잖아."

"그래서? 계속 멱살 움켜쥐고 있을 거야?"

"그게……."

봉일춘이 난감한 표정을 지었다.

지난번 술자리에서 유가연에게 큰소리를 쳤던 만큼 일단 멱살을 움켜쥐기는 했지만, 그다음이 문제였다.

마음 같아서는 주먹이라도 한 방 날려서 자신의 말을 증명하고 싶었지만, 그러기에는 사무진의 곁에 있는 사람들이 무서웠다.

"아는 사람인가?"

특히 지금 질문을 던지는 자가 가장 무서웠다.

눈에 핏발이 잔뜩 서서 빨갛게 충혈된 두 눈으로 쏘아보고 있는 저자는 왠지 제정신이 아닌 것 같았다.

"옛날 친구예요."

"친한가?"

"멱살 잡고 있는 것 보면 모르겠어요?"

"죽일까?"

그리고 봉일춘의 예상은 틀리지 않았다.

뜬금없이 '죽일까?'라는 질문을 던지더니 자신을 매섭게 노려보고 있었다.

시선이 마주친 순간, 다리가 후들거리기 시작했다.

아무래도 농담이 아닌 것 같았다.

어쩌면 진짜 죽을지도 모른다는 생각에 정신도 혼미해졌다.

"좀 기다려 봐요. 얘기나 좀 들어보고요."

사무진의 대답이 흘러나오고 나서 사내가 아쉽다는 기색을 감추지 않은 채 시선을 돌린 후에야 비로소 후들거리던 다리가 진정되었다.

"뭔 일이야?"

"아까 말한 대로……"

"너하고 내가 하루이틀 본 사이냐? 그런 말도 안 되는 이유

말고 이러고 있는 진짜 이유를 말해봐."

"그게……."

"대가로 뭘 받기로 했어?"

봉일춘이 한숨을 내쉬었다.

이놈은 속일 수가 없었다.

분명히 예전에는 이렇게 똑똑한 놈이 아니었는데.

요화 서옥령이 무림맹주의 딸이라는 말도 안 되는 이야기에도 속아 넘어가던 멍청한 놈이었는데 지금은 예전에 비해 몇 배는 더 똑똑해진 것 같았다.

아무래도 마교의 교주가 되고 나서 머리가 좋아지는 최고급 총명탕을 매일 먹고 있는 것이 틀림없었다.

그리고 거기까지 생각이 미치자 더욱 사무진이 부러워졌다.

"저 아가씨 집에서 일하는 예쁜 아가씨들이 많대. 물론 자기보단 조금 못하지만"

"그거 거짓말이야."

"설마?"

"솔직히 말하면 쟤보다 예쁜 애들 천지야."

봉일춘의 표정이 환하게 밝아졌다.

그런 그를 보며 피식 웃은 사무진이 다시 물었다.

"어쨌든 그래서?"

"너무… 외로워서."

귓속말로 속삭이고 나서 봉일춘이 고개를 푹 숙였다.

그리고 다 이해한다는 듯이 가볍게 어깨를 두드려 준 사무진이 봉일춘을 지나쳐 유가연의 앞으로 다가가 입을 열었다.

"약속 지켜."

"뭘?"

"불쌍한 놈이야. 그리고 겁도 많은 놈이야. 아마 엄청 무서웠을 건데 그 약속 때문에 여기까지 찾아왔어. 그러니까 네가 했던 약속 꼭 지키라고."

그제야 사무진이 하려는 말을 알아들은 유가연이 힘껏 고개를 끄덕이는 것을 보며 사무진이 다시 입을 뗐다.

"그동안 반성 좀 했어?"

"응."

"진짜?"

"고민해 봤어. 내가 그 여자보다 못한 게 뭘까 하고. 그리고 아저씨를 위해서 내가 잘할 수 있는 것이 뭐가 있을까 하고 고민해 봤는데……."

"……?"

"아직 못 찾았어."

"그래?"

"천천히 찾을게. 그때까지 기다려 줘."

얼굴이 발갛게 상기된 채 유가연이 꺼내는 이야기를 듣고서 사무진이 히죽 웃음을 지었다.

얼마 전까지만 해도 철부지 꼬맹이였는데.

그동안 이런 생각을 했다는 것만으로도 기특했다.

그래서 사무진이 유가연의 머리를 쓰다듬어 줄 때, 교주가 자리를 비운 마교에도 불청객이 찾아왔다.

*   *   *

"분명 그렇게 똑똑한 놈이 아니었는데."

색마가 미간을 찌푸렸다.

처음 사무진이 혈마옥에 들어왔던 때가 떠올랐다.

자기가 들어온 곳이 대체 어떤 곳인지도 모르고, 술 냄새를 지독하게 풍기며 대자로 드러누워 잠을 처자던 놈이었다.

그리고 잠에서 깬 후에도 겁도 없이 설레발을 치다가 몇 대 얻어맞고서야 바짝 얼어붙었었다.

그뿐인가.

호랑이 한 마리도 감당하지 못해서 쩔쩔 맬 때만 해도 저걸 언제 제대로 된 인간을 만들까 고심했었다.

수컷 호랑이 앞에서 환환만화공을 펼친답시고 덩실덩실

춤을 출 때는 참지 못하고 폭소를 터뜨리기도 했었고.

그렇게 한심하기 그지없는 놈이었는데 변했다.

지 밥그릇을 챙기기 위해서 머리를 굴리고 있었다.

어디선가 구해온 꽤나 쓸 만한 수하놈들과 함께 힘을 합쳐
서.

"그놈 말이 맞아. 바라보는 것이 다르면 결국은 틀어질 수밖에
없어. 그러니까 정신 바짝 차려야 해. 잘못하다간 그 영악한 놈
에게 먹힐지도 몰라."

뇌마는 진중한 표정으로 말했었다.

커다란 기회와 함께 동시에 찾아온 위기.

위기라는 것은 모두 느끼고 있었다.

그리고 그 위기감이 지금 색마가 군사인 홍연민의 집무실
에 허락없이 몰래 들어와 뒤지고 있는 이유였다.

"대체 무슨 수작을 부릴 셈이지?"

한참을 뒤졌지만 홍연민의 집무실에서는 특별한 것이 발
견되지 않았다.

기껏 발견한 것은 금색 두더지 네 마리가 다였다.

아무래도 기밀 서류는 어딘가 깊숙한 곳에 숨겨두었다는
생각이 들어서 색마가 다시 한 번 집무실을 뒤지려 할 때였다.

"여기서 뭐 해?"

귓가로 파고드는 음성을 듣고서 색마가 움직임을 멈추었다.

그런 그의 얼굴이 긴장으로 물들었다.

정체를 알 수 없는 상대가 불과 삼 장도 떨어지지 않은 거리까지 접근하는 동안, 아무것도 느끼지 못했다.

색마의 이목을 속이고 여기까지 접근했다는 것이 의미하는 바는 하나였다.

실력을 감히 가늠하기 힘든 고수.

이게 가능할까.

색마는 고개를 흔들었다.

절정과 절대의 경지 사이에 발을 걸쳐 두고 있는 자신의 이목을 속이고 여기까지 접근하는 것은 불가능했다.

아무리 생각해 봐도 현 강호에 그만한 고수는 존재하지 않았다.

이건 실수였다.

지나치게 긴장이 풀린 탓에 알아채지 못했을 뿐이라는 생각이 들었다.

'누구지?'

그와 동시에 떠오르는 의문.

이 집무실의 주인인 홍연민은 아니었다.

목소리가 달랐다.

"너냐? 네가 색마지?"

허점을 노출시키지 않기 위해 노력하며 천천히 고개를 돌린 색마의 두 눈이 의아함으로 물들었다.

처음 보는 사내였다.

기껏해야 이십대 초반으로 보이는 젊은 청년이 다 늙은 노인네처럼 뒷짐을 진 채 입을 열고 있었다.

화가 나는 것은 당연한 것이었다.

아직 대가리에 피도 안 마른 새파란 놈이 겁도 없이 자신 앞에서 반말을 찍찍 내뱉고 있었으니까.

"누구냐?"

"나 기억 안 나? 우리 전에 한 번 만난 적이 있는데."

여전히 반말을 찍찍 내뱉고 있는 놈을 향해 손을 뻗던 색마가 멈칫했다.

예전에 만난 적이 있다는 말이 신경을 거슬리게 만들었다.

그래서 기억을 헤집어보았지만, 저 젊은 놈의 면상은 기억 속에 전혀 남아 있지 않았다.

"몰라? 대가리도 별로네."

그리고 기분 나쁘게 뒷짐을 진 채 이죽거리며 한마디를 더 던지는 젊은 놈을 보고 색마의 인내심은 바닥을 드러냈다.

저 젊은 놈의 정체는 상관없었다.

어차피 더 생각해 본다 해도 떠오를 것 같지도 않았고.

지금 당장 급한 것은 저 젊은 놈의 버르장머리를 고쳐 놓는 것이었다.

"죽여주마!"

색마의 두 눈이 번뜩이며 안광이 폭사됐다.

하지만 색마는 백전노장.

꽤나 흥분한 상태이기는 했지만, 그래도 최소한의 이성은 남아 있었다.

그게 우연이었든 실수였든 간에 저 젊은 놈은 자신의 이목을 속이고 삼 장 이내까지 접근했다는 사실을 그는 잊지 않았다.

그 사실이 긴장을 늦추지 못하게 만들었고, 색마는 상대가 새파랗게 젊다고 하여 경시하지 않고 자신이 펼칠 수 있는 최고의 무공을 펼쳤다.

씨익.

환음마소.

사무진의 표현으로는 살인 미소라 불리는 웃음이 작렬했다.

효과가 있었을까.

뒷골목 기녀들의 등을 쳐 먹고 살아가는 기생오라비처럼

미끈한 젊은 놈의 얼굴이 일순 찌푸려지는 것을 확인한 색마가 숨 돌릴 틈도 주지 않고 필살기를 펼쳤다.

환환만화공.

덩실덩실 어깨춤이 펼쳐졌다.

이번에는 아까 환음마소를 펼쳤을 때보다 더 큰 충격을 받았는지 비틀거리고 있는 젊은 놈을 보며 차가운 웃음을 머금은 색마가 무서운 속도로 달려나갔다.

그리고 비틀거리고 있는 젊은 놈을 향해 일장을 뻗어냈다.

절대 피할 수 없는 장력.

그래서 만족스런 미소를 머금고 있던 색마의 얼굴이 납덩이처럼 굳어졌다.

막혔다.

아니, 잡혔다.

"역겨운 짓만 골라서 하는 건 여전하네."

색마가 날린 일장은 젊은 놈의 가슴에 닿기 직전에 잡혔고, 코앞까지 얼굴을 들이민 젊은 놈이 콧방귀를 뀌며 주먹을 뻗었다.

펑, 펑, 펑.

색마의 신형이 허공으로 떠올랐다 쓰러졌다.

가슴이 답답하다는 느낌과 함께 찾아오는 고통.

그래서 오만상을 쓰며 간신히 몸을 일으키던 색마는 조금 전 젊은 놈이 펼친 공격이 눈에 익다는 느낌이 들었다.

서로의 콧김이 닿을 정도로 가까운 거리에서 연달아 내지르는 세 번의 주먹질.

단파삼권이었다.

그리고 이것은 사무진이 자주 펼치던 무공이라는 것까지 기억해 냈을 때, 젊은 놈이 입을 뗐다.

"한 번만 더 내 새 애인을 괴롭히면 그땐 죽는다."

무슨 소리인지 알아들을 수 없었다.

해서 미친놈이 아닐까 하는 생각을 했다.

하지만 아무리 봐도 저 맑은 눈빛은 미친놈이 보일 수 있는 눈빛이 아니었다.

'새 애인?'

색마가 다시 머리를 굴렸다.

그리고 자신이 근래 들어 만난 여인에 대해서 곰곰이 생각해 보았지만 떠오르는 이는 딱 한 명밖에 없었다.

심화 주수란.

사무진은 혈마옥에서 헤어지기 직전 꺼냈던 약속을 반쯤 지켰다.

환환만화공을 펼쳐 심화 주수란의 마음을 뺏지는 않았지만 그녀를 만나게 해주었다.

그래서 색마는 그녀의 앞에서 환환만화공을 직접 펼쳤던

적이 있었다.

물론 그녀는 여전히 환환만화공에 넘어가지 않았지만.

어쨌든 중요한 것은 색마가 지난 삼십 년이 넘는 시간 동안 만난 여인이 심화 주수란이 전부라는 점이었다.

저 젊은 놈이 제정신이 아니거나 오해한 것이 아니라면 생각할 수 있는 것은 하나뿐이었다.

"설마!"

비록 심화 주수란의 겉모습이 마흔도 되어 보이지 않을 정도였지만, 실제 그녀의 나이는 환갑에 가까웠다.

그리고 그녀는 평생 한 남자만을 사랑했었다.

"아직도 기억이 안 나?"

뒷짐을 진 채로 다시 던지는 질문을 듣고 색마가 젊은 사내를 유심히 살피다가 조심스레 입을 뗐다.

"혹시 반로환동?"

"응?"

그 말을 들은 젊은 놈이 의아하다는 표정을 지었다.

그리고 손을 들어 올려 주름 한 점 없는 팽팽한 얼굴을 만지고 나서야 고개를 끄덕이며 대답했다.

"반로환동했던 사실을 깜박했군."

"설마했는데……."

"별거 아냐. 한숨 자고 일어났더니 모습이 변했더라고."

색마가 경악에 찬 표정을 감추지 않고 입을 벌렸다.

"진짜 혈영마존이오?"

"왜, 안 믿겨?"

"……."

"좀 더 맞으면 믿으려나?"

혈영마존이 주름 한 점 없는 팽팽한 입가에 미소를 머금었다.

그리고 색마는 재빨리 고개를 흔들었다.

예전 혈영마존과 부딪쳤던 기억이 아직 색마의 기억 속에 남아 있었다.

그 처절하고도 고통스러웠던 기억이.

"여기는 웬일이오?"

"여기 마교 맞지?"

"그렇소."

"교주가 사무진, 그 재밌는 놈 맞지?"

"재밌는지는 모르겠지만 그놈이 교주인 것은 맞소."

"그럼 제대로 찾아왔네."

"……?"

"심심해서 왔어."

"심심해서?"

"그놈이 한 자리 준다고 약속했거든."

혈영마존이 살짝 들뜬 목소리로 대꾸했다.

하지만 색마의 낯빛은 어둡게 변했다.

현 강호 천하제일인, 아니, 지난 이백 년간 천하제일인이라 알려진 혈영마존이었다.

그런 그가 입교한다면 마교의 위상은 분명 달라질 것이었다.

환영하고 반가워해야 하는 것이 당연했지만 색마는 마냥 반가워할 수만은 없었다.

그러기에는 지금 마교의 상황이 마음에 걸렸다.

"왜, 싫어?"

"그런 것이 아니라……."

그리고 어두워지는 색마의 낯빛을 확인하고서 눈치 빠르게 던지는 혈영마존의 질문에 애매하게 대꾸할 때였다.

쾅.

문이 부서지는 소리와 함께 뇌마를 비롯한 마교의 장로들이 들어왔다.

"이놈 짓이냐?"

그런 그들은 색마의 입가에 흐르고 있는 붉은 피를 확인하고서 살기를 드러냈다.

그리고 색마가 말릴 틈도 없이 혈영마존을 향해 달려들었다.

"꼴 좋네요."

혀를 끌끌 차며 사무진이 던지는 이야기를 듣고 뇌마 노인이 고개를 돌렸다.

오른손을 들어 시퍼렇게 멍이 들어 있는 눈가를 넌지시 가리며 시선을 외면하려 했지만, 순순히 넘어갈 사무진이 아니었다.

육마존의 앞으로 얼굴을 바싹 들이민 사무진이 히죽 웃었다.

"그렇게 잘난 척하더니 별것도 없었네요."

"……."

"……."

"육 대 일로 싸웠는데도 이렇게 박살이 나다니. 역시 육마존의 명성에는 거품이 끼어 있는 게 확실하네요."

폐부를 찌르는 신랄한 사무진의 비난이 이어졌지만 뇌마 노인은 그저 끙끙거리기만 할 뿐 아무런 말도 하지 못했다.

그게 통쾌한 듯 다시 한 번 히죽 웃은 사무진이 그제야 반로환동을 해서 젊어진 혈영마존에게 고개를 돌렸다.

"이게 얼마 만이에요?"

"오랜만이구나."

"너무 오래간만이라 못 알아볼 뻔했어요. 그런데 생각보다 훨씬 미남이었네요."

"내 애인들이 예뻤던 데는 다 이유가 있었다."

변함없이 거만한 표정을 지은 채로 대답하던 혈영마존이 슬쩍 고개를 기울였다.

"그런데 넌 날 어떻게 단번에 알아보았느냐?"

"우린 친했었잖아요."

"그야 그렇지만……."

"독특한 분위기가 있어요, 세상에 흥미를 잃어버린 사람만 이 내뿜을 수 있는."

사무진이 히죽 웃으며 대답했다.

"그보다 오자마자 이렇게 사고를 치면 어떻게 해요?"

"갑자기 이놈들이 떼거지로 덤벼들기에."

"그래도 그렇지."

"미안하다."

"미안할 것은 없어요. 잘했어요."

사무진이 만족스런 표정을 지었다.

그리고 그제야 웃고 있는 혈영마존에게 물었다.

"안 온다더니 왜 왔어요?"

"심심해서."

"진짜 그 이유가 다예요?"

"심심하기도 하고 핏줄이 당기기도 하고, 제자 놈은 잘 있는지 걱정이 되기도 하고, 새 애인이 보고 싶기도 하고 해서 겸사겸사 찾아왔다."

"평소에는 관심도 없더니 갑자기 왜 이래요?"

"글쎄다."

"……?"

"떠날 때가 가까워지니 내가 세상에 남겨두었던 한 조각의 인연들에게 신경이 쓰이는 건가 보구나."

뒷짐을 진 채로 대답하는 혈영마존에게서는 일대종사만이 만들어낼 수 있는 기운이 풍기고 있었다.

어딘가 모르게 쓸쓸해 보이기도 했고.

"불쌍한 척하지 말아요."

"응?"

"딱 봐도 나보다 오래 살 것 같은데요."

하지만 사무진은 속지 않았다.

그리고 사무진의 대답이 마음에 들었는지 혈영마존이 웃음을 터뜨렸다.

"재밌어. 역시 네놈은 재밌어."

"그런 소리를 가끔씩 듣긴 하죠."

"잊지 않았지?"

"뭘요?"

"찾아오면 한 자리 준다고 약속했던 것."

"설마 교주 자리를 노리는 건 아니죠?"

"그건 줘도 안 해."

"그럼 어떤 자리든 줄 수 있죠."

평생 직장인 마교의 교주 자리를 노리지 않는다는 대답을 듣고서 사무진이 흔쾌히 수락한 후 슬쩍 주변을 살폈다.

그리고 혈영마존이 등장한 후 심사가 잔뜩 뒤틀린 표정을 짓고 있는 육소균을 확인하고는 히죽 웃었다.

"그래도 제자보다는 높은 자리를 줘야겠죠?"

"흥!"

콧방귀를 뀌는 육소균을 무시하고 이번에는 육마존을 살폈다.

미간을 잔뜩 찌푸리고 있는 그들을 바라보며 사무진이 마침내 결정을 내렸다.

"태상장로가 좋겠네요."

"태상장로?"

"교주 다음으로 높은 자리죠. 이 정도면 만족해요?"

"뭐, 그럭저럭 괜찮구나."

혈영마존은 태상장로라는 직책에 만족감을 표했다.

그리고 잠시 뒤, 사무진에게 물었다.

"쟤들보다 높지?"

"그야 물론이죠."

혈영마존이 가리킨 것은 육마존.

사무진이 당연하다는 듯이 대답했다.

"마교에 입교한 것을 축하해요."

"고맙다."

"뭘요. 오히려 제가 고맙죠."

뭔가 불만이 있는 듯 입술을 실룩거리고 있는 뇌마 노인은 신경 쓰지 않고, 사무진과 혈영마존이 의미심장한 웃음을 교환했다.

第五章
도박

荷蘓乳蕘煎棗湯細賜美福佑弟子王世
至大改元四月佛洽遵吉廣焉傳行
日弟子趙孟頫敬書長壓前升
老君演此真妙經兄丁

共同
傳人
공동전인

"유감이라……."

혼잣말을 중얼거리던 서붕이 두 눈을 감았다.

그리고 손에 들고 있던 서찰을 와락 구겼다.

호원상이 보내온 서찰에는 유감이란 짤막한 한마디가 적혀 있는 것이 전부였다.

딸아이의 죽음인데.

다시는 딸아이를 볼 수 없게 되었는데도 불구하고.

갑자기 모든 것이 허망하다는 생각이 들었다.

꿈을 꾸었다.

그토록 간절히 원했다.

무림맹의 맹주라는 자리.

그 자리에 오르기 위해서 평생을 치열하게 살았다.

인간으로서는 해서는 안 될 짓도 한 적이 있고, 다른 사람의 눈에서 흘러내리는 피눈물 따위는 애써 모른 척하며 앞만 보고 달려왔다.

그런데도 그가 꿈꾸던 무림맹주라는 자리는 요원하기만 했다.

그것이 그렇게 야속할 수 없었는데.

하지만 상황은 순식간에 달라졌다.

도무지 닿을 기미가 보이지 않던 무림맹주라는 자리에 욕심을 버리자 그 자리가 스스로 다가왔다.

"왜지?"

현 무림맹주인 유정생의 강력한 천거라 했다.

하지만 전혀 예상치 못했던 상황.

그래서 쉽게 이해가 가지 않았다.

관례를 깨부수고, 수많은 이들의 반대 의견까지 묵살하면서 유정생이 자신을 천거할 만한 이유가 있는지 자문했지만 답은 아니었다.

어딘가 분명히 이유가 있을 터.

그러나 지금은 그 이유를 알 수가 없다.

'눈치채지 못했을까?

조심하기 위해 애썼다.

사도맹주 호원상과 손을 잡은 것이 알려지지 않도록 비밀 유지에 만전을 기했다.

하지만 음영각은 천하에서 가장 머리가 뛰어난 자들로 구성되어 있다.

어디선가 실수로 흘린 사소한 정보 하나만으로도 뒤에 숨겨진 진실을 모두 그릴 정도의 능력이 있는 자들.

어쩌면 유정생은 자신이 호원상과 손을 잡고 뭔가 계획을 꾸미고 있다는 사실을 알고 있을지도 모른다는 생각이 들었다.

그리고 거기까지 생각이 미치자 등줄기가 서늘해졌다.

하지만 서붕은 이내 고개를 흔들었다.

어차피 계획은 틀어졌다.

아니, 서붕이 일방적으로 잡고 있던 손을 놓을 생각이었다.

호원상은 고작 무림맹주 자리가 아니라 함께 손을 잡고 천하를 경영해 보자고 제안했지만, 서붕은 코웃음을 쳤다.

그 자리가 무엇을 의미할까.

빛 좋은 개살구.

그 이상도 이하도 아니다.

결국은 다시 이인자 자리일 뿐이었다.

게다가 옥령이의 죽음을 이대로 덮고 넘길 생각은 없었다.

"모두 덧없을 뿐이지."

진즉에 알았었다면 더 좋았을 사실들.

서붕의 두 눈에서 한광이 흘러나왔다.

*   *   *

"서운해?"

인공 연못 안에서 뛰어놀고 있는 비단 잉어들을 물끄러미 바라보며 유가연이 던진 질문을 듣고서 유정생이 고개를 흔들었다.

"홀가분해."

"진짜?"

"그래. 그런데 나보다 네가 더 서운해하는 것 같은데?"

유정생의 질문에 정곡을 찔린 듯 유가연이 얼굴을 붉혔다.

"그냥 조금."

"괜찮아. 솔직히 말해봐."

"그러니까 여기서 이사를 가는 것도 싫고, 여기 정든 사람들과 장소들도 많고, 또… 이제 무림맹주의 딸이 아니라는 사실도 받아들이기 힘드네."

무림맹 맹주의 임기가 정해져 있는 이상, 받아들이기 힘들다고 떼를 쓴다 해서 달라지는 것은 없었다.

그래서 잠시 망설이던 유가연이 솔직히 속내를 털어놓았다.

"그랬구나. 하지만 그런 거라면 걱정하지 마."

"응?"

"네 아비, 아직 이 자리에서 물러날 생각 없다."

"어떻게?"

말뜻을 이해하지 못한 유가연이 두 눈을 크게 떴다.

그러나 유정생은 더 이상 설명하는 대신 의미를 알 수 없는 미소만을 지었다.

"다 방법이 있다."

"그러니까 어떻게?"

"욕심이 생겼어."

"욕심? 아빠 원래 욕심 많았잖아. 그래서 사람들 몰래 뇌물도 많이 받아먹었고."

"그건 작은 욕심이고, 이번에는 큰 욕심이 생겼어."

"큰 욕심이라면?"

"좋은 기회가 생겼어. 그래서 이번에 사마 무리들을 모두 처리하고 좀 더 바람직한 강호를 만들고 싶어졌어."

여전히 어려운 이야기.

그래서 잠시 눈만 깜박이던 유가연이 갑자기 뭔가 떠오른 듯 고개를 들었다.

"사마의 무리면 어디를 말하는 거야?"

"사도맹."

"……"

"그리고 마교."

얼어붙은 듯 꿈쩍도 않고 서 있는 유가연을 바라보던 유정생이 먼저 몸을 일으켰다.

"한바탕 피바람이 몰아칠 거야. 그리고 그 피바람이 잠잠해지면 강호는 지금과 많이 달라져 있을 거야."

*   *   *

전국 각지에 총 스물두 개의 분타를 가지고 있는 무림맹 본단의 규모는 엄청났다.

평소와 달리 활짝 열려 있는 정문을 통해 수많은 인물들이 들어서고 있었다.

구대문파의 장문인들과 장로들을 포함해 이름만 들으면 알 만한 유명한 무인들에서부터, 무관이라 부르기도 뭣한 시골 변두리 무관의 이름없는 삼류 무인들까지.

수천 명을 수용할 수 있다고 알려진 무림맹 본단의 연무장은 어느새 사람들로 인해서 북적이고 있었다.

그런 무림맹의 내부를 힐끗 살핀 사무진은 감탄을 감추지 않았다.

"크긴 크네요."

그리고 그 이야기를 듣고 가만히 있을 심 노인이 아니었다.

"예전에 성세를 구가할 때의 마교에 비하면 아무것도 아닙니다."

"전에도 말했지만 잘나갈 때의 마교를 본 적이 있었어야 말이죠. 이건 뭐 확인할 방법이 없으니."

"제가 왜 거짓말을 하겠습니까?"

사무진의 말대로 확인할 방도가 없다는 것을 알고 있는 심 노인이 기세 좋게 소리쳤지만 곧 혈영마존에게 뒤통수를 얻어맞고 울상을 지었다.

"거짓말이다."

"역시 그렇죠? 하여간 심 노인의 말은 믿을 수가 없네요. 근데 어떻게 알아요?"

"예전에 본 적이 있다."

"언제요?"

"한 백 년쯤 전이었던 것 같은데. 내 기억으로는 그때가 아마 마교가 제일 잘나갈 때였었지. 그런데……."

"……?"

"여기보다 작았어. 정문도 코딱지만 했지."

"내 그럴 줄 알았죠."

역시 오래 살아서인지 혈영마존은 모르는 것이 없었다.

그리고 예상치 못한 일격에 당황한 듯 딴청을 피우고 있는 심 노인을 째려보던 사무진이 방명록을 적기 위해 다가갔다.

마교 교주, 사무진.

힘차게 움직인 붓끝이 멈추자 방명록을 관리하고 있던 마흔 중반의 무인이 놀란 표정으로 올려다보았다.

그리고 피처럼 붉은 사무진의 눈썹을 뚫어져라 살피던 그가 잔뜩 긴장한 채 입을 뗐다.

"여긴 어쩐 일로?"

"내가 못 올 곳을 왔나요?"

당연한 소리라는 대답을 하고 싶었지만 사내는 차마 그 말을 꺼내지 못하고 잠시 눈을 굴리다 대답했다.

"그게……."

"너무 걱정하지 말아요. 밥만 먹고 갈 거니까요."

"……."

"원래 계획은 그런데 잘못하면 피 터지게 싸우게 될지도 모르겠네요."

사무진이 씨익 웃었다.

그리고 그 웃음을 보며 사내의 얼굴이 창백하게 질려갈 때, 사무진은 어느새 휘적휘적 걸어가 정문을 통과하고 있었다.

"아, 참. 하나 궁금한 게 있는데."

"뭡니까?"

"혹시 사도맹주도 왔나요?"

입을 떼려던 사내의 두 눈이 커졌다.

여기가 대체 어디라고 사도맹주가 찾아올까.

"그자가 이곳에 올 리가……."

"그래요? 이상하다. 분명히 올 텐데."

사무진이 고개를 갸웃했다.

그리고 뇌마 노인을 슬쩍 째려본 뒤 다시 걸음을 옮기던 사무진이 히죽 웃었다.

뒤통수가 근질거리는 느낌.

끈적끈적한 시선이 아까부터 뒤통수에 달라붙어 있었다.

아니, 처음과 달리 은연중에 미약한 살기가 느껴지기 시작하자 사무진이 슬그머니 고개를 돌렸다.

그곳에는 죽립을 눌러쓴 흑의인이 있었다.

부딪치는 시선.

은연중에 전신을 저미는 듯한 차가운 흑의인의 시선을 사무진은 담담히 받아내며 입을 뗐다.

"사도맹주, 진짜 왔네요."

죽립 아래 감추어진 호원상의 얼굴이 굳어졌다.

한참을 기다렸다.

혹시나 찾아오지 않는다면 어찌할까 하는 걱정까지 했을 정도로 마교의 인물들이 이 자리에 참석하기를 그는 기다렸다.

그리고 지금까지 한 번도 본 적이 없었지만, 모습을 드러낸 순간 마교의 교주인 사무진을 한눈에 알아볼 수 있었다.

인중룡(人中龍).

인간들 속에 묻혀 있다 하더라도 용이 내뿜고 있는 기운을 느끼지 못할까.

스스로를 드러내지 않기 위해 아무리 애쓴다고 해도 진면 목을 감추는 것에는 한계가 있는 법이다.

시선이 부딪친 순간, 심장이 먼저 반응했다.

평생을 살아오며 몇 번 느끼지 못했던 감정.

"직접 보니 어떤가?"

"범이로군요."

"자넨 여전히 그를 인정하지 않는군."

"뛰어난 자이기는 하나 용이라 불리기에는 모자란 듯합

니다."

단호한 요진걸의 대답을 들으며 호원상의 입가로 희미한 미소가 스치고 지나갔다.

"그럼 자네가 용이라 인정하는 이들은 있는가?"

"현 강호에서 감히 용이라 부를 수 있는 인물은 셋뿐입니다."

"그게 누군가?"

"우선 맹주님이 계시지요. 그리고 나머지 두 명은 무림맹주 유정생과 혈영마존뿐이라 생각합니다."

호원상이 고개를 끄덕였다.

"현 무림맹주인 유정생은 뛰어난 자지. 비록 진면목을 감추고는 있지만 내 호적수라 불릴 자격이 있지."

"그렇습니다."

"그리고 마교의 교주 역시 뛰어난 자야. 이대로 시간이 조금만 더 흐른다면 천하를 좌지우지할 수 있는 용이 될 능력이 있는 자. 육마존이 사람은 잘 골랐군."

"……."

"하지만 아직은 일러. 지금은 내 적수가 아니군. 내가 생각하는 호적수는 저기 앉아 있는 유정생뿐일세."

호원상이 고개를 들어 유정생을 바라보았다.

무능하다, 부패했다 등등의 구설수도 많았지만, 그는 지난

십오 년간 무림맹주로서 무림맹을 무난히 이끌어왔고 지금에
이르렀다.

그것만으로도 그 능력을 인정해야 마땅할 터.

하지만 호원상은 어딘가 찝찝하다는 느낌을 받았다.

유정생은 그가 유일하게 인정하는 호적수.

그 능력을 감안한다면 이 정도로 만족한 채 무림맹주 자리
에서 물러난다는 것이 조금은 의아하게 느껴지기도 했다.

도무지 의중을 읽을 수 없는 무심한 눈빛을 한 채 앉아 있
는 유정생을 응시하던 호원상이 다시 고개를 돌렸다.

거슬렸다.

딱히 말로 설명하기는 어려운 미묘한 감각이 그의 신경을
자극하고 있었다.

'누구지?'

다시 고개를 돌린 호원상의 시선이 사무진의 곁에 서 있는
이십대 초반의 사내에게로 향했다.

처음 보는 청년이었다.

그리고 어느 것 하나 특별할 것이 없는 청년이었다.

그런데 왜 이렇게 신경에 거슬릴까.

잠시 고민하며 청년을 지켜보던 호원상은 얼마 지나지 않
아 그 이유를 깨달았다.

너무 평범하기에 그의 시선을 사로잡은 것이었다.

풍경의 일부처럼 그 존재감조차도 느껴지지 않는 인물.

인간들이 사는 세상에는 어울리지 않는 기운을 풍기는 청년을 바라보던 호원상이 고개를 흔들어 상념을 떨쳤다.

흥미가 동했다.

기회가 되면 저 청년에 대해 좀 더 자세히 알아보고 싶었다.

하지만 지금은 이런 상념에 젖을 때가 아니었다.

"시작할 때가 되었군."

강호의 운명을 건 한바탕 도박.

그 도박이 마침내 막을 올리려 하고 있었다.

유정생이 신형을 일으켰다.

눈이 부실 정도로 하얀 장포를 걸치고 앞으로 걸어나온 유정생은 손을 들어 장내에 모인 이들의 환호에 답했다.

후끈 달아오른 장내의 분위기.

생각보다 뜨거운 오후의 뙤약볕 때문은 아니었다.

"우와아!"

"와아!"

장내에 모인 수천 명의 군웅이 일제히 지르는 환호성이 가뜩이나 달구어져 있던 장내의 분위기를 더욱 뜨겁게 만들고 있었다.

"부족하나마 무림맹의 맹주를 맡고 있는 유정생입니다. 우선 멀리 떨어진 이곳까지 찾아와 자리를 빛내주신 많은 무림 동도들에게 감사의 인사를 드립니다."

고개를 천천히 돌려 그들을 훑어본 뒤 내력이 가득 실린 목소리로 유정생이 입을 떼기 시작했다.

"제가 쌓은 덕이 그리 작지는 않았던가 봅니다. 이곳에 참석할 것이라 예상치 못했던 분들도 함께해 주셨으니까요."

천천히 고개를 돌리던 유정생의 시선이 한 곳에서 멈추었다.

"사도맹주께서 직접 참석해 주신 점. 영광으로 알겠습니다."

유정생의 시선이 죽립을 눌러쓰고 있던 사도맹주 호원상과 부딪쳤다.

그리고 사도맹주가 이 자리에 참석했다는 이야기를 듣고 중인들이 동요하기 시작했지만, 아직 유정생의 이야기는 끝이 아니었다.

"마교의 교주께서도 참석해 주셨군요."

유정생의 시선이 이번에는 사무진에게로 향한 뒤 멈추었다.

"그냥 밥이나 먹으러 왔어요. 그러니까 신경 쓰지 말아요."

중인들의 시선이 부담스러운 듯 슬쩍 한마디를 던지는 사무진을, 아직 정리되지 않은 복잡한 감정을 담은 눈으로 응시하던 유정생은 가볍게 포권을 취한 뒤 동요하고 있는 중인들에게로 시선을 돌렸다.

　"여러분도 오늘 이 자리가 어떤 자리인지는 알고 있을 겁니다. 지난 십오 년간 두 어깨를 무겁게 짓눌렀던 무림맹주라는 직책에서 제가 오늘 공식적으로 벗어나는 날입니다. 그리고 제 뒤를 이어서 무거운 중책을 맡으실 분은 이미 알려진 대로 여기 계신 권왕 서붕 대협입니다."

　유정생이 잠시 말을 멈추고 서붕을 바라보았다.

　대체 무슨 생각에 잠겨 있는지 고개를 숙인 채 바닥만을 바라보고 있는 그를 슬쩍 살핀 뒤 다시 입을 뗐다.

　"그런데 그 생각이 바뀌었습니다. 저는… 지금 맡고 있는 무림맹주 직책에서 물러나지 않을 생각입니다."

　잔뜩 힘이 실린 채 흘러나온 이야기를 듣고서 이 자리에 모인 중인들은 충격에 빠졌다.

　아니, 그들뿐만 아니라 상석에 앉아 있던 구대문파와 오대세가의 주요 인물들도 놀람을 감추지 못했다.

　"그게 무슨 말씀입니까?"

　가장 먼저 정신을 차리고 질문을 던진 것은 무당의 장로인 옥운자였다.

"들으신 그대로입니다. 저는 무림맹주라는 직책에서 물러나지 않겠습니다."

유정생이 다시 한 번 입을 열어 자신의 뜻을 확고히 밝혔다.

"이건 분명 용납될 수 없는……."

"압니다, 지금까지의 관례를 깨뜨리는 일이라는 것을. 하지만 그전에 제 이야기를 들어주시기 바랍니다."

"……?"

"아주 중요한 이야기니까요."

많은 사람들이 여전히 할 말이 남은 듯 입을 벙긋거렸지만 유정생은 그들이 입을 떼는 것을 허락지 않았다.

그리고 서붕을 바라보며 말했다.

"얼마 전, 무림맹 내 비밀 정보 조직인 음영각에서 제게 극비를 요하는 정보가 올라왔습니다. 그 정보의 내용은 여기 있는 서붕 당주가 사도맹주 호원상과 내통한 흔적이 있다는 것이었습니다."

"그게 사실이오?"

"믿을 수 없소."

"증거가 있소?"

다시 꺼낸 유정생의 말이 끝나자마자 중인들의 표정이 경악으로 물들었다.

그들이 서둘러 던져 내는 질문들을 들으며 유정생은 서붕을 살폈다.

무슨 생각을 하는 걸까.

서붕은 여전히 원래 앉아 있던 자리에서 움직이지 않았다.

그리고 어떤 변명도 꺼내지 않았다.

대신 고개를 들어 어딘가 공허해 보이는 눈빛으로 유정생과 시선을 마주쳤다.

"증거는 충분히 있소. 하지만 제게 듣는 것보다야 서붕 당주의 입으로 직접 듣는 편이 낫지 않겠소?"

유정생이 슬쩍 뒤로 빠졌다.

그리고 중인들의 시선이 모두 서붕에게로 향했을 때, 쉽게 입을 열지 않던 그가 마침내 입을 열었다.

"난 무림맹주가 될 자격이 없소."

변명이 아니었다.

지금 서붕이 꺼낸 이야기는 유정생의 말이 틀리지 않다는 것을 인정한다는 것과 다를 바 없었다.

그래서 장내에 모인 수천 명의 중인이 다시 술렁이기 시작했다.

그리고 그들 틈에 섞인 채 서붕을 바라보던 요진걸의 두 눈이 흔들렸다.

'대체 왜지?'

전혀 예상하지 못했다.

서봉이 저렇게 나오리라고는.

당연히 변명을 꺼낼 것이라 생각했다.

자신과 전혀 무관한 일이라고 딱 잡아뗀다면 되는 것이었다.

유정생은 증거가 있다고 말하지만 그것은 거짓말이었다.

요진걸의 일 처리는 그리 녹록지 않았고, 지금 유정생이 말하고 있는 증거 따위를 남겼을 리가 없었다.

그런데 서봉은 잡아떼는 대신 사실을 인정하고 있었다.

'사람을 잘못 보았다?'

이건 아니었다.

요진걸은 사람을 평가하는 자신의 안목에 자신이 있었다.

누군가를 만나 시선을 마주한 채 몇 마디를 나누고 나면 그자가 어떤 부류의 인물인지 금세 알 수 있었다.

지금까지 한 번도 틀린 적이 없던 요진걸의 안목은 서봉을 누구보다 욕심이 많은 자로 분류했다.

야심이 크기에 도저히 거부할 수 없을 정도로 큰 미끼를 던져 주면 절대 거부하지 못하고 덥석 물 것이라 생각했는데……

"저자는 마음이 변했군."

"저는 이해할 수 없습니다."

"난 저자의 마음이 변한 이유를 알 것 같군."

호원상의 이야기를 듣고서 요진걸은 입술을 깨물었다.

비록 코앞에서 이야기를 듣고 있었지만 아직 그로서는 서붕이 변심했다는 사실을 인정하기가 힘들었다.

"이유를 알려주십시오."

"자넨 죽어도 그 이유를 알지 못할 걸세."

"왜입니까?"

"자식을 잃어본 경험이 없기 때문일세."

요진걸은 이미 나이가 마흔이 훌쩍 넘었지만 혼인을 하지 않았다.

그리고 그것이 서붕의 변심을 이해하지 못한 이유라고 호원상은 설명했다.

"저는 이해할 수가……."

"나는 이해하네."

"……?"

"그게 부모란 존재니까."

호원상과 서붕을 번갈아 바라보던 요진걸이 한숨을 내쉬었다.

어딘가 공허한 듯 느껴지는 서붕의 눈빛은 그날, 집무실에서 혼자서 술을 마시던 호원상이 보이던 눈빛과 흡사했다.

그리고 그는 더 이상 서붕의 심정을 이해하기 위해 애쓰지 않았다.

죽어도 이유를 이해하지 못할 것이라던 호원상의 이야기는 옳았고, 요진걸은 사도맹의 군사였다.

지금 그가 할 일은 서붕이 배신한 상황에 따른 대처 방안을 찾는 것이었다.

"서붕이 저렇게 나오는 이상 상황이 어렵게 되었습니다."

"그렇군."

"계획을 뒤로 미루는 것이 어떻습니까?"

"그것도 하나의 방법이겠지. 하지만 난 그럴 생각이 없네."

"왜입니까?"

"이미 주사위는 던져졌네. 이젠 그 주사위에 적힌 숫자를 확인하는 것만 남았지. 사도맹은 패를 추구하는 단체, 물러설 생각은 추호도 없네."

요진걸이 입술을 깨물었다.

명목상 사도맹은 패를 추구하는 단체.

하지만 그것은 어디까지나 명목상일 뿐이었고 그 어느 단체보다 실리를 중시하는 것이 사도맹이었다.

그래서 지금 호원상의 이야기는 궤변, 아니, 변명이었다.

'마음이 급해서야.'

두 공자가 죽고 난 다음, 호원상의 마음이 급해졌다는 사실을 요진걸은 이미 파악하고 있었다.

그리고 그것은 지금도 마찬가지였다.

이전이었다면 자신의 충고를 받아들여 일찌감치 물러났을 호원상은 드물게 고집을 피우고 있었다.

"하지만 어쩔 수 없지."

다시 한 번 간곡히 말리고 싶었지만 절대로 뜻을 굽히지 않겠다는 강렬한 호원상의 시선을 확인하고서 요진걸이 힘없이 고개를 흔들었다.

이젠 다른 방법이 없었다.

호원상의 말대로 이미 주사위는 던져진 상황.

서붕의 배신과 상관없이 준비한 패를 모두 꺼내고 이 도박의 승패를 확인하는 것만이 남아 있었다.

"무림맹주가 되고 싶었소."

서붕이 천천히 입을 떼기 시작했다.

"그 자리가 너무나 탐이 났소. 그 자리에 오를 수만 있다면 내 영혼을 팔아도 좋다고 생각했소. 그래서 결국 해서는 안 될 어리석은 결정까지 내리고 말았소. 맹주님의 말씀대로 나는 사도맹주와 손을 잡으려 했소."

그리고 마침내 서붕의 입에서 사실을 인정하는 말이 흘러나오자 중인들의 비난이 쏟아지기 시작했다.

"어찌 그럴 수 있지?"

"감히 그런 마음을 품다니!"

"말도 안 되는 생각이오!"

"그런 짓을 하고도 뻔뻔하게 살아 있다니 당장 자결하시
오."

그 분노는 엄청났고, 당장에라도 서붕의 전신을 난자할 것
같은 살기까지 흘러나오고 있었지만 정작 서붕은 차분했다.

"고맙소."

그리고 오히려 이 사실을 폭로한 유정생에게 감사 인사를
건넸다.

"무엇이 고마운 것인가?"

"내게 알려줬으니까."

"……?"

"무림맹주라는 자리는 아무나 오를 수 있는 것이 아니라는
사실 말이오."

미안할 걸까. 마주하고 있던 시선을 먼저 피한 것은 유정생
이었다.

하지만 서붕은 아직 할 말이 남아 있었다.

"그동안 당신이 무능하다 생각했소. 저런 무능한 자도 차
지하는 자리에 왜 내가 오르지 못할까 하는 생각이 들 때마다
화가 났던 적이 한두 번이 아니었소. 그런데 오늘에서야 알았

소. 정말 무서운 인물은 당신이었구려."

"칭찬으로 듣겠네."

"결국 당신이 모든 것을 얻겠구려."

"가능성은 있지. 하지만 아직 확실한 것은 아무것도 없네. 그보다 이제 자네의 변명은 끝인가?"

유정생이 던진 질문에 서붕이 고개를 흔들었다.

"하나만 더."

"뭔가?"

"진심으로 후회하고 있소. 어리석었던 욕심을, 그리고 내 인생을."

서붕이 탄식하듯 한마디를 꺼냈다.

하지만 그 한마디의 변명만으로 지금 이 자리에 모여 있는 중인들의 분노가 풀릴 리가 없었다.

"이미 늦었소."

"그딴 변명을 듣고 싶은 것이 아니오."

"당장 죗값을 치르시오."

"자결하시오!"

중인들의 비난이 쏟아졌다.

그리고 그 비난들을 들으면서도 서붕은 당혹스러워하지 않았다.

그 역시 지금 꺼낸 몇 마디의 변명만으로 중인들의 커다란 분노가 풀릴 것이라 생각하지 않았다.

게다가 용서를 바란 것도 아니었다.

엄밀히 말하면 그가 지금 꺼내고 있는 변명은 이곳에 모인 중인들에게 꺼낸 것이 아니었다.

자신의 욕심으로 인해 평생을 불행하게만 살다가 간 옥령이에게 한 고해였다.

"미안했다."

주르륵.

서붕의 입매를 타고 붉은 피가 흘러나왔다.

이미 스스로 목숨을 끊기로 마음을 먹었던 터.

주저하지 않고 심맥을 끊은 서붕의 두 눈에서 생기가 흩어져 갔다.

그런 그의 신형이 서서히 바닥으로 무너져 내릴 때, 죽립을 눌러쓴 신형 하나가 신법을 펼쳐 다가왔다.

그리고 늦지 않게 서붕의 신형을 받아 든 죽립인의 두 눈에서 굵은 눈물이 흘러내리기 시작했다.

"겨우 이거였습니까?"

"……."

"고작 이런 마지막을 위해 그렇게 발버둥을 치면서 살았습니까?"

죽립이 벗겨졌다.

그리고 온전히 드러난 서문유의 두 눈에서 흘러나온 굵은 눈물이 점점이 떨어지며 서붕의 얼굴을 적시고 있었다.

그 덕분일까.

생기가 사라져 가던 서붕의 두 눈에 다시 초점이 돌아왔다.

"지켜보겠다고 하더니… 사실이었구나."

"겨우 이런 모습을 보여주려 한 겁니까?"

"이것밖엔… 택할 것이 없구나."

"자식을 죽여가면서 여기까지 왔으면 두 눈 딱 감고 천하를 노려보기라도 하셨어야 할 것 아닙니까?

"……."

"당신은 끝까지… 끝까지 실망만 안기는군요."

"미안하다, 아들아!"

서문유의 어깨가 들썩였다.

그렇게 듣고 싶던 아들이라는 호칭이었지만, 이제 와 무슨 소용일까.

잠시 돌아왔던 생기가 뿌연 안개처럼 흩어졌다.

이제는 전설상의 의원인 화타가 곁에 있다 하더라도 살릴 수 없으리라.

"가거든… 그곳에 가거든 옥령이에게 사죄하세요."

그것을 알기에 더 이상 붙잡지 않고 놓아주었다. 서붕의 신형을 바닥에 누인 후, 서문유가 신형을 일으켰다.

그리고 중인들을 훑어보던 그의 시선이 사도맹주 호원상에게 멈추었다.

"무림맹 외당 당주 권왕 서붕을 대신해 무림맹 청룡단의 부단주를 맡고 있는 나 서문유가 생사결을 원하오. 당신이 죽인 서붕의 아들이자 옥령이의 오라비였으니 자격은 충분하리라 생각하오."

쩌렁쩌렁한 목소리.

숨죽인 중인들의 시선이 사도맹주 호원상에게로 일제히 쏠렸다.

"그 용기가 가상하군."

그리고 그들의 시선을 받으며 느긋하게 죽립을 벗은 호원상이 입을 뗐다.

"그 정도면 자격은 충분하니 비무 요청을 받아들이지!"

第六章

호적수

荷蒸乳蒸煎棄陽細賜英祿佑菜子正此

至大改元四月佛浴道言廣爲博術以

日弟子趙孟頫敬書長壓前秀

老君演此真妙徑寬正

共同
傳人
공동전인

천하제일세라 불리는 사도맹의 주인 호원상.

그가 신형을 일으켜 걸음을 옮기기 시작하자 마치 바닷물이 갈라지듯 사람들이 물러나며 길이 열렸다.

그리고 절대의 경지에 올라 있다는 호원상이 일보를 내딛는 것을 보며 서문유는 숨을 들이켰다.

피륙으로 이루어진 인간이라는 것은 마찬가지일 터인데 다르다.

산이다.

그것도 도저히 넘을 수 없는 거대한 태산을 마주한 느낌이다.

머릿속이 하얗게 변한다.

이런 자를 어찌 상대할까.

다리가 후들거린다.

검병을 꽉 움켜쥔 양손에서 땀이 흘러나와 자꾸만 힘이 빠져나간다.

겁도 없이 비무를 청한 입을 찢어버리고 싶다.

뒤도 돌아보지 않고 도망치고 싶다.

"시작할까?"

호원상의 목소리를 듣고서 검을 떨어뜨릴 뻔했다.

사각, 사각, 사각.

그와 동시에 귓가로 들려오는 이명.

어딘가 익숙한 느낌이 들었다.

그래, 호중경을 상대할 때 이미 한 번 겪어보았던 이명이었다.

하지만 차이가 있었다.

그 당시 귓가에 들렸던 이명이 살모사 몇 마리가 혓바닥을 날름거리는 것처럼 간지러운 소리였다면, 지금은 마치 천둥소리처럼 크게 느껴졌다.

귓속을 헤집어놓는 이명이 들릴 때마다 신형이 움찔거릴 정도였다.

그리고 이상한 것은 그게 전부가 아니었다.

신형이 제대로 움직이지 않는다.

처음에는 호원상을 상대해야 한다는 긴장감으로 인해 몸이 굳어져서 그럴 것이라 생각했는데 그것이 아니었다.

마치 주위를 둘러싸고 있는 대기가 조여온다는 느낌이었다.

당혹스러움을 넘어 곤혹스런 얼굴로 서문유가 진기를 극성으로 끌어올리며 억지로 검을 들어 올렸다.

바르르.

검을 휘두르는 것도 아니고 고작 검을 들어 올리는 데도 이렇게 힘이 든다는 사실이 어이가 없었다. 그와 함께 찾아오는 죽음의 공포.

'뭐지?'

눈앞이 하얗게 변한다.

거대하게 변한 호원상의 신형 외에는 아무것도 보이지 않는다.

귓가에는 이명만이 맴돈다.

이곳에 모인 수많은 중인들이 내지르는 소리는 들리지 않는다.

마치 세상과 동떨어진 듯했다.

홀로 떨어져 실체가 없는 괴물과 싸우는 느낌.

콧속 혈관이 터지며 피가 흘러내리기 시작했다.

고막이 터져 버린 귓구멍을 통해 피가 새어 나온다.

그렇게 손끝 하나 움직일 수 없는 상황에서 찾아온 죽음의 공포가 서문유의 전신을 잠식할 때였다.

"장난은 그쯤 하시구려."

유정생의 목소리가 들려왔다.

그제야 전신을 갑갑하게 조여오던 압력이 흔적도 없이 사라졌다.

"그 정도면 너는 충분히 할 만큼 했다."

그리고 바닥에 털썩 주저앉은 서문유가 거칠게 숨을 내쉴 때, 유정생과 호원상이 마침내 오 장의 공간을 격하고 마주섰다.

"기다리고 있었소."

유정생이 호원상을 향해 포권을 취했다.

비록 서로 가는 길이 다르다 하나 눈앞에 마주 서 있는 호원상은 사도맹을 이끌며 천하를 움직이는 자였다.

절대의 경지에 다다른 무공만으로도 충분히 인정을 할 만한 자.

존중을 받을 자격이 있는 자였다.

그리고 포권을 취하는 것은 호원상도 마찬가지.

모르긴 몰라도 그도 비슷한 생각을 가지고 있으리라.

호적수.

서로가 서로를 향해 호적수라 부르기에 부족함이 없었다.

"마치 내가 올 것을 알고 있었다는 것처럼 들리는구려."

"올 거라 생각했소."

"어찌 예상했소?"

"나라면 왔을 테니까."

"……."

"그리고 만약 온다면 아무런 준비도 없이 오지는 않았을 거라 생각하고 있었소."

"잘 알고 있구려."

유정생이 꺼낸 이야기를 듣고서 호원상은 부인하지 않았다.

"알려줄 수 있소?"

"조금만 지나면 자연히 알게 될 터."

"하긴 가진 패를 모두 드러내 버리면 재미가 없을 터. 대체 무엇을 준비했는지 기대가 큽니다."

"나도 하나 묻겠소."

"뭐든지 물으시오. 대답하리라."

"무엇을 하려는 것이오?"

호원상의 질문을 듣던 유정생의 입가로 한가닥 미소가 스치고 지나갔다.

"비슷한 생각을 하고 있소."

"비슷한 생각이라?"

"지금의 강호가 마음에 들지 않는다는 생각을 갖고 있는 것이 아닙니까?"

"그렇소만."

"나도 마찬가지입니다. 처음에는 내 손으로 바꿔볼 생각까진 없었는데 이제는 그 마음이 바뀌었습니다."

"이유는?"

"기회가 찾아왔소. 알아서 찾아온 기회를 놓친다면 영웅이라 불릴 자격이 없다고 생각하오."

호원상이 고개를 끄덕였다.

"지금 꺼낸 말씀, 이번 기회를 통해 강호에서 사도맹을 지우겠다는 것으로 들리는데 맞소?"

"틀렸소."

"……?"

"난 이번 기회를 통해서 강호의 질서를 어지럽히는 사마의 무리를 모두 제거할 웅대한 뜻을 품었소."

대답을 꺼내는 유정생의 입가로 다시 한 번 차가운 미소가 피어올랐다.

"혹시 아까 말한 사마의 무리 중에 우리 마교도 포함되는 건가요?"

그리고 그때, 사무진이 두 사람 사이의 대화 속으로 끼어들었다.

"아마… 그럴 걸세."

잠시 뜸을 들인 후 유정생이 대답했다.

"이거 흥미진진한데요."

"운이 없었다 생각하게."

"운이 없었다?"

"자네는, 그리고 마교는 여기에 오지 말았어야 했네."

사무진이 히죽 웃으며 호원상에게로 시선을 돌렸다.

"같은 생각이죠?"

"비슷하네."

"그런가요?"

"마교는 이 강호에 필요없네."

"왜요?"

"이 강호에는 사도맹 하나면 충분하니까."

"……"

"운이 없었다고 생각하게. 마교는 여기서 지워지게 될 거야."

사무진의 얼굴에 떠올라 있던 웃음이 짙어졌다.

지금 나눈 대화를 통해 확실히 깨달았다.

눈앞에 서 있는 두 사람은 마교를 마음만 먹으면 언제든지 지울 수 있는 곳이라 생각하고 있다는 것을.

그리고 사무진은 그것이 마음에 들지 않았다.

"운이 없었던 게 아니에요. 나도 일부러 여기까지 찾아온 목적이 있거든요."

"목적이란 것이 뭔가?"

"사도맹주. 그러니까 당신을 죽이러 왔어요."

"하핫!"

호원상이 호쾌한 웃음을 터뜨렸다.

그러나 그도 잠시, 그가 얼굴에서 웃음을 지웠다.

"자넨 아직 어리네. 사도맹을 감당할 만한 능력이 없어."

"과연 그럴까요?"

"……?"

"나는 약하지 않고 더구나 내가 이끄는 마교는 더욱 약하지 않죠. 지금 당장 사도맹과 맞붙어도 자신이 있어요."

"오만일세."

"오만이 아니에요. 증명할 자신도 있어요."

"불쾌하군."

호원상이 미간을 찌푸렸다.

그런 그가 은연중에 살기를 뿜어냈지만, 이미 살기에는 익숙해질 대로 익숙해진 사무진은 눈도 꿈쩍하지 않았다.

팽팽한 기싸움.

"지금 이 자리는 아직 자네가 나설 때가 아닌 듯 보이는 군."

금방이라도 싸움이 시작될 것 같은 일촉즉발의 긴장감이 풀린 것은 유정생이 한마디를 던지며 끼어든 후였다.

"추태를 보였군."

호원상이 먼저 살기를 거두었다.

"모든 일에는 순서가 있는 법인데 깜박 잊을 뻔했어."

사무진이 은근슬쩍 빠졌지만 유정생과 호원상은 신경 쓰지 않았다.

그리고 마교의 무인들이 모인 곳으로 재빨리 돌아온 사무진이 그제야 한숨을 길게 내쉬었다.

"어떠하던가?"

곁으로 다가온 홍연민이 던진 질문에 사무진이 대답했다.

"무서워 죽는 줄 알았어요."

"역시 사도맹주인가?"

"강해요."

"그러게 내가 무리라고 하지 않았던가?"

"그래도 할 건 해야죠."

질책하듯 던지는 이야기를 들으며 사무진이 머리를 긁적였다.

"들었죠? 상황이 생각처럼 간단하지 않네요."

"그러게 말일세."

"대체 우리 마교가 뭘 어쨌다고 이렇게 못 잡아먹어서 난리인지 모르겠네요."

"사도맹주가 저리 말하는 것은 이해가 가지만 무림맹주가 저리 나올 것이라고는 예상치 못했어."

"좀 이상하지 않아요?"

"지금까지 내가 알고 있었던 무림맹주와는 전혀 다른 사람 같군."

"내 생각도 그래요."

홍연민의 이야기를 들으며 동조한 사무진이 육마존에게로 시선을 돌렸다.

"이제 어쩔 거예요?"

"뭐가?"

"들었으니 알 거 아니에요? 지금 무림맹이나 사도맹이나 마교를 잡아먹지 못해서 안달이잖아요."

"그런데?"

사무진이 다시 한숨을 내쉬었다.

그게 대체 무슨 문제가 되느냐는 표정을 짓고 있는 뇌마 노인을 비롯한 육마존을 보다 보니 머리가 아파오기 시작했 다.

"오히려 좋은 기회로군."

"무슨 좋은 기회요?"

"마도천하를 만들 좋은 기회지."

"어련하겠어요."

아무리 찾아보려 해도 현실 감각이라고는 찾아볼 수 없었 다. 역시 예전에 마교가 망한 데는 다 이유가 있었다. 육마존 과 더 얘기를 하다가는 머리만 더 아파질 것 같아서 고개를 돌려 버린 사무진이 혈영마존에게 말을 걸었다.

"상황이 별로 안 좋은데요."

"그렇구나."

"무림맹의 맹주가 좀 이상해요."

"원래 저런 놈이었다."

"잘 아는 사이예요?"

"조금 알지. 겉으로는 어수룩해 보이지만 저놈도 뱃속에 구렁이 열 마리쯤은 감추고 있을걸."

담담하게 대꾸하는 혈영마존의 이야기를 듣다 보니 갑자 기 입안이 바싹 말라왔다.

"그럼 이제 어쩌죠?"

"그걸 나한테 물으면 어떡하느냐?"

"마교의 태상장로의 고견을 듣고 싶어요."

"가장 좋은 방법은… 모두 다 쓸어버리는 거지."

사무진이 또 한 번 한숨을 내쉬었다.

혈영마존도 정상이 아닌 것은 마찬가지였다.

아무래도 마교의 장로라는 직책에 오르면 현실 감각이 어디론가 사라져 버리는 것이 틀림없었다.

"지금 농담할 기분 아니거든요."

"농담이 아니다."

"그럼요?"

"너와 나, 그리고 저놈들만 힘을 합한다면 불가능한 일은 아니다."

혈영마존이 가리킨 것은 육마존과 좌우호법인 육소균과 장하일이었다.

그리고 그 면면은 결코 약하지 않았다.

하나같이 일당백, 아니, 일당천의 고수들.

진지하기 그지없는 혈영마존의 얼굴까지 확인하고서 사무진은 농담을 하는 것이 아님을 깨달았다.

"마교. 강하네요."

사무진이 그제야 잠시 잊고 있었던 사실을 깨닫고서 고개를 끄덕였다.

조금 전 혈영마존이 꺼낸 말처럼 여기 있는 모든 이들을 죽이고 마도천하를 만들 정도는 되지 않았다.

그리고 설령 그럴 수 있다 하더라도 내키지 않았다.

다만 지금 상황에서 변수가 되기에는 충분하다는 판단이섰다.

더구나 사도맹과 무림맹은 얼마 전 태상장로의 신분으로 마교에 입교한 혈영마존의 존재를 몰랐다.

이건 크나큰 변수.

"심장이 벌렁거리는데요."

"왜?"

"잘못하면 강호의 주인이 될지도 모르잖아요."

사무진이 히죽 웃었다.

그리고 혈영마존도 마주 보며 웃었다.

"소심하긴."

다른 사람이라면 절대 꺼낼 수 없는 대답.

하지만 오랜 시간을 살아온 혈영마존이기에 보일 수 있는 반응이었다.

"제가 원래 좀 소심하잖아요. 그래서 말인데 섣불리 나서지 말고 일단 상황을 좀 더 살펴볼까요?"

사무진의 시선이 다시 기세 싸움을 벌이고 있는 호원상과 유정생에게로 향했다.

"이제 슬슬 시작할까요?"

"그럽시다. 준비한 패를 꺼내겠소."

유정생을 바라보던 호원상이 시선을 돌렸다.

그리고 요진걸에게 시선을 던지자 힘차게 고개를 끄덕인 요진걸이 품속으로 손을 넣었다가 뺐다.

그런 그의 손에 들린 것은 붉은색 기.

피처럼 붉은색 기가 허공에서 펄럭였다.

"크아악."

그 순간, 상석에 앉아 있던 종남파의 장문인인 현허자의 입에서 고통에 찬 비명성이 터져 나왔다.

현허자의 심장에 틀어박힌 것은 한 자루의 비수.

그리고 그 비수를 휘두른 자는 분명 의외였다.

하북에서 세를 떨치고 있는 오호문의 문주인 마윤창이었으니까.

"이게 무슨 짓이오?"

"괜찮으시오?"

"마 문주, 지금 제정신이오?"

너무 갑작스레 벌어진 일로 인해 당혹스러워 하던 강호의 명숙들이 일제히 노호성을 터뜨리며 상처 입은 현허자를 살폈다.

그리고 당황한 것은 마윤창도 마찬가지였다.

처음 현허자를 암습하는 데 성공한 후 득의의 미소를 짓고 있던 마윤창은 잔뜩 굳어진 얼굴로 호원상과 현허자의 얼굴을 번갈아 살피고 있었다.

"이게 대체 어찌 된 일……"

그런 마윤창은 검을 손에 들고서 자리에서 벌떡 일어나는 황보세가의 가주인 황보진명을 확인하고서 표정이 밝아졌다.

"서둘러야 하오."

"그럴 생각이오."

쐐애액.

고개를 끄덕이며 마윤창을 향해 걱정하지 말라는 듯 웃음을 짓던 황보진명이 검을 휘둘렀다.

그의 검이 무당의 장로인 옥운자에게로 향했다.

"왜 이러시오?"

예상치 못한 발검에 옥운자의 안색이 흙빛으로 변할 때, 황보진명의 검이 돌연 방향을 바꾸었다.

푸욱.

방향을 바꾼 그의 검이 가짜 마윤창의 가슴을 꿰뚫었다.

"대체 이게 무슨……"

"착각하지 마시오."

"……?"

"난 가짜가 아니오. 이곳에 모인 이들 중 가짜는 당신 혼자 뿐이오."

도저히 믿을 수 없다는 표정을 짓고 있던 마윤창이 충혈된 눈으로 호원상을 바라보며 숨을 거두었다.

그 시선을 받은 호원상의 표정이 굳어졌다.

황보세가와 오호문을 비롯한 총 일곱 개 문파의 수뇌들을 은밀히 가짜로 바꾸어놓은 것은 호원상의 작품이었다.

그리고 이것은 서붕에게도 알리지 않았던 숨겨둔 패.

당연히 성공할 것이라 생각했지만 실패로 돌아갔다.

당혹스러운 감정이 그의 얼굴을 스쳐 지나갔다.

그러나 이내, 본래의 신색을 회복한 호원상이 유정생을 향해 물었다.

"어찌 눈치챘소?"

"몰랐소."

"몰랐다?"

유정생을 바라보던 호원상이 고개를 기울였다.

진지한 그의 눈빛에서 몰랐다는 말이 사실이라는 것이 느껴졌다.

'그럼 대체 누가?'

그래서 호원상이 의아한 표정을 지을 때였다.

"내가 눈치챘소."

뇌마가 대답을 꺼내며 앞으로 나섰다.

"그대들이?"

"우린 바보가 아니오."

"……?"

"같은 수법에 두 번이나 당할 정도로."

뇌마의 대답을 들으며 호원상이 눈을 가늘게 떴다.

마교의 늙은 능구렁이들.

이들을 간과했다는 것을 인정하지 않을 수 없었다.

그리고 너무 서둘렀다는 것도.

"사도맹주 호원상은 무림맹 외당 당주였던 서붕과 손을 잡고 이곳에 모인 모든 이들에게 하독하려 했소."

호원상이 침묵하고 있는 사이, 뇌마가 입을 열기 시작했다.

"그런 치사한 짓을."

"그게 사실이오?"

새로운 이야기를 들은 중인들은 흥분했다.

그리고 그들이 흥분한 채 던진 질문에 대답한 것은 뇌마가 아니라 유정생이었다.

"사실이오. 사도맹주 호원상은 일시적으로 신경을 마비시켜 산공독과 비슷한 효과를 내는 세침독을 사용하려 했소. 서붕이 그 사실을 실토한 것을 내 귀로 똑똑히 들었을 뿐만 아니라 증거도 있소."

유정생이 확인해 주자 중인들의 동요가 거세졌다.

하지만 아직 끝이 아니라는 듯 뇌마가 말을 이었다.

"게다가 그들은 황보세가, 오호문, 관옥장 등 총 일곱 군데
의 문파에 주요 인물들을 감쪽같이 바꿔치려 했소. 그리고 그
들을 이용해 조금 전 이 자리에서 강호의 명숙들을 동시에 암
습하려 했소."

중인들은 충격에 빠졌다.

조금 전 오호문의 문주인 마윤창이 돌연 종남의 장문인인
현허자에게 살수를 뿌린 이유가 가짜였기 때문이라는 사실로
인해서.

"정말이오?"

"사실이오. 황보세가의 가주를 맡고 있는 나는 사도맹의
간악한 술수에 말려들어 목숨을 잃을 뻔했소. 그리고 그것은
다른 분들도 예외가 아니오. 만약 마교의 칠마존이 도움을 주
지 않았다면 지금쯤 끔찍한 일이 벌어졌을 것이오."

그리고 황보세가의 가주인 황보진명이 본인의 입으로 직
접 인정하는데 더 이상 의심할 것도 없었다.

"나 황보진명은 사도맹주 호원상에게서 받은 치욕을 갚을
생각입니다. 그리고 오늘 이 자리가 좋은 기회라 생각합니
다."

허리에 걸려 있던 검을 빼 든 채 황보진명이 진중한 목소리로 이야기를 꺼내자 관옥장의 장주인 허영경을 비롯한 나머지 다섯 문파의 가주들도 동참했다.

"나도 동참하겠소."

"이 기회에 사도맹을 강호에서 지웁시다."

"사도맹주 호원상을 죽여 강호에 의기가 살아 있음을 보여줍시다."

그들만이 아니었다.

사태를 관망하고 있던 중인들도 동참하기 시작했다.

그렇게 장내가 흥분으로 물들어갈 때, 아무런 말 없이 상황을 주시하고 있던 호원상이 웃음을 터뜨렸다.

"감히 나를 감당할 자가 있는가?"

요진걸은 눈살을 찌푸렸다.

이곳에 오며 그가 준비했던 두 가지의 패는 모두 빗나갔다.

서붕의 배신으로 인해 일시적으로 신경을 마비시키는 세침독의 하독에도 실패했고, 마교의 장로들이 미리 눈치챈 이유로 각 문파의 명숙들에 대한 암습을 통해서 장내의 혼란을 초래한다는 계획도 실패로 돌아갔다.

"좋지 않군."

가슴이 답답했다.

하지만 아직 포기하기에는 일렀다.

도박의 묘미란 끝까지 승부를 알 수 없다는 것이었다.

비록 미리 준비했던 패가 실패로 돌아갔다 하더라도 그게 곧바로 패배를 의미하는 것은 아니었다.

마지막 패까지 모두 펼친 후에야 비로소 승부는 가려지는 법.

그리고 아직 도박은 끝나지 않았다.

사도맹은 힘이 있었다.

괜히 천하제일세라 불릴까.

더구나 사도맹주 호원상이 건재했다.

인간의 한계를 벗어난 그의 강함은 모든 난관을 뚫고 도박의 승패를 바꾸기에 부족함이 없었다.

"진짜 도박은 지금부터 시작이야."

이곳은 무림맹의 본타.

하지만 두려울 것은 없었다.

그리고 요진걸은 긴장된 표정으로 도박의 승패를 가늠하기 시작했다.

荷蒸乳蒸煎棗湯細賜其福佑茅子王此

至大改元四月佛浴道音廣為傳衍護

日弟子趙孟順敬書長歷前开迁

老君演此真妙徑竟正

共同
傳人
공동전인

"이간질에는 확실히 재능이 있네요."

어느새 정파 무인들을 부추기는 데 성공한 육마존을 보며 사무진이 입을 뗐다.

여기 모인 정파의 무인들은 어느새 사도맹의 무인들과 생사결을 펼칠 각오로 충만해 있었다.

그리고 그 선봉에는 육마존이 서 있었다.

마교에 속해 있는 주제에 마치 무림맹에 속한 무인들처럼 당연하게.

잔뜩 신이 나서 검을 휘두르고 있는 육마존을 힐끗 살핀 사무진이 홍연민에게로 고개를 돌렸다.

"누가 이길까요?"

"호각세일세."

"그래요?"

"다만 대결이 길어지면 사도맹의 우세가 점쳐지는군."

"왜요?"

"대결의 흐름을 바꿀 고수들의 수에서 사도맹이 조금 앞서니까. 게다가 사도맹주 호원상을 감당할 만한 자가 무림맹에는 없네."

마교의 군사답게 홍연민은 상황을 냉정하게 분석했다.

하지만 사무진은 그 분석에 이의를 제기했다.

"무림맹주가 있잖아요."

"물론 뛰어난 자지. 강호에 일절로 알려진 철혈패검은 패를 추구하는 무공 중에서는 최고라 인정하지. 그러나 역부족일 걸세. 호원상이 익힌 혈유무극단공은 공간을 완벽하게 지배한다고 알려진 무공이니까."

단호한 목소리로 꺼낸 홍연민의 이야기를 들으며 사무진이 고개를 끄덕였다.

잠시 호원상과 대치했을 때, 그가 강하다는 것을 느꼈다.

기세에서 눌리기 싫어 애써 아무렇지도 않은 척을 하기는 했지만, 조금만 더 시간이 흘렀다면 버티지 못하고 도망쳤을

지도 몰랐다.

유정생도 강하다 하나, 호원상이 뿜어내던 기세와 비교하면 분명히 모자란다는 느낌을 받았다.

"그런데… 좀 이상한데요."

"뭐가 이상한가?"

"우리 홍 군사가 아는 사실을 무림맹주는 모를까요? 그러니까 호원상을 죽이지 못하면 어차피 무림맹의 패배가 된다는 사실요."

"모를 리 없지."

"그렇다면……."

"몇 가지 가능성이 있지."

"그게 뭔데요?"

"우선 호원상 같은 대단한 고수를 상대할 비장의 무기를 준비했을 수도 있지."

"그렇게 준비성이 뛰어난 양반은 아닌 것 같은데."

"나도 그리 생각하네."

사무진의 말에 동조를 표한 홍연민이 다른 가능성을 꺼냈다.

"다음으로 생각해 볼 수 있는 것은 어느 정도 경지에 다다른 무인들이 흔히 하는 착각일 수도 있지."

"착각이라?"

"좀 더 쉽게 설명하자면 이런 거지. 내가 이만한 실력을 가지고 있는데 세상에 어느 누가 두려울까? 아무리 호원상이 대단한 고수라고는 하나 내가 감추어둔 비장의 실력까지 꺼낸다면 충분히 감당할 수 있다."

"유정생이 진짜 그런 실력을 감추고 있나요?"

"아까도 말했지 않나? 착각이라고. 이런 걸 가리켜 흔히 자만이라고들 말하지."

"꼭 나한테 하는 말인 것 같은데요."

사무진이 슬쩍 눈을 흘겼다.

유정생에 빗대기는 했지만 지금 홍연민이 꺼내는 이야기는 호원상을 죽이겠다고 호언장담한 자신에게 하는 말처럼 느껴졌다.

"큼, 큼. 그리고 마지막으로 생각할 수 있는 것은 한 가지지."

괜히 헛기침을 하며 홍연민이 서둘러 입을 뗐다.

"아마 자네와 같은 생각을 하고 있을 거야."

"나와 같은 생각요?"

"차륜전. 아닌가?"

그 말을 듣고 사무진이 놀란 표정을 감추지 않았다.

홍연민은 역시 마교의 군사답게 사무진의 속내까지 훤히 꿰뚫고 있었다.

"이제 믿기기 시작하네요."

"뭐가 말인가?"

"십 년 전 대과에서 역사상 가장 뛰어난 답안을 적어냈었다는 말요."

"난 없는 말은 지어내지 않네."

"이렇게 능력있는 군사와 함께라니 우리 마교의 미래가 든든한데요."

"일단 오늘 망하지 않는 방법을 찾는 것이 급하지."

"방법이 있나요?"

"쉽지는 않지만 있네."

"그게 뭔데요?"

"자네가 사도맹주 호원상을 죽인다면 우리 마교가 망하지 않을 가능성은 육 할 이상이 되네."

홍연민이 자신있게 꺼낸 말을 듣던 심 노인이 끼어들었다.

"그럼 걱정할 게 없는 것 아닌가?"

"무슨 소리요?"

"네놈은 지금 교주님의 능력을 의심하는 것이냐? 사도맹주 정도야 교주님의 오초지적도 되지 않는다."

입에서 침을 튀겨가며 열변을 토해내고 있는 심 노인을 바라보던 홍연민이 질렸다는 듯이 고개를 절레절레 흔들었다.

"말이 되는 소리를 하시오!"

"교주님, 이놈은 교주님에 대한 믿음이 부족한 자입니다. 당장 군사 자리에서 파면시키는 것이 좋을 듯합니다."

홍연민을 노려보며 심 노인이 아랑곳하지 않고 소리쳤다.

"전에 교주님께서 내게 직접 말씀하셨다."

"뭐라고 그랬는데요?"

"감히 사도맹주나 무림맹주 따위는 오초지적도 안 된다고 말씀하셨다."

심 노인은 허풍도 심할뿐더러 목소리도 컸다.

그 이야기를 꺼내자마자 호원상과 유정생이 불쾌한 기분을 감추지 않고 날카로운 시선을 쏘아냈다.

그러나 정작 이런 망발을 꺼낸 심 노인은 허리에 손을 얹은 채로 눈도 꿈쩍하지 않고 있었다.

대신 사무진의 애가 탔다.

"내가 언제 그랬어요?"

"전에 그러시지 않았습니까?"

"확실하네요."

"무슨 말씀이십니까?"

"치매에 걸린 게 틀림없어."

"하지만······."

"오초지적이란 말은 꺼낸 기억이 전혀 없거든요."

"대신 다른 말을 꺼내지 않으셨습니까?"

"뭐요?"

"사도맹주든 무림맹주든 하나도 겁나지 않는다고 틀림없이 말씀하셨습니다."

"끄응."

평소에는 전혀 똑똑하지 않은 심 노인이었지만 가끔씩 놀랍도록 비상한 기억력을 발휘할 때가 있었다.

그리고 그건 지금도 마찬가지였다.

이 이야기는 전에 했던 기억이 났다.

그래서 한숨을 내쉬며 사무진이 달래듯이 말했다.

"물론 그런 말을 한 적이 있긴 했죠. 그렇지만 그건 아무도 없을 때 우리끼리 했던 말이잖아요."

"그럼 사실이잖습니까?"

"그래요. 사실이긴 하네요."

더 말해 무엇할까.

사무진은 더 말하는 대신 심 노인의 입을 틀어막아 버렸다.

"교… 교주님, 왜… 이러십니까?"

"좀 참아요."

"뭘… 말입니까?"

"사도맹주 엄청 강해요. 아까 눈싸움하다가 하마터면 오줌을 지릴 뻔했어요."

"그래 봤자……."

"나 대신 싸워주지도 않을 거면 제발 그 입 좀 다물어줄래요?"

간절히 부탁한 것이 통했는지 뭔가 불만 섞인 표정을 짓기는 했지만 심 노인은 더 이상 입을 열지 않았다.

대신 이번에는 육소균과 장하일이 다가왔다.

"죽여 버릴까?"

"누구요?"

"사도맹주!"

장내에 흐르기 시작하는 피내음 때문일까.

살기로 번들거리는 충혈된 눈을 한 채 소리를 지르고 있는 장하일을 보며 사무진이 화들짝 놀랐다.

"목소리 좀 낮춰요."

"왜? 죽여 버릴 수 있는데."

"물론 우리 마교의 좌우 호법의 실력을 의심하는 것은 아니에요. 하지만 지금은 적당한 때가 아니에요."

"무슨 소리냐?"

"지금은 힘을 비축할 때예요."

사무진이 못마땅하단 표정을 짓고 있는 장하일을 간신히 달랬다.

그러자 이번에는 육소균이 입을 뗐다.

"그럼 뭘 좀 먹어도 되나? 배가 고픈데."

"지금 밥이 넘어가요? 상황이 이런데."

"상황이 어떤데?"

"마교가 망할지도 모르는구만. 조금만 참아요."

장하일에 이어 육소균까지 어르고 달랜 후 사무진은 한숨을 내쉬며 아미성녀의 곁으로 다가갔다.

"전에 했던 말. 기억나요?"

"무엇을 말하는 것이냐?"

"무조건 내 편이라고 그랬었잖아요."

"그랬지."

"그 맘. 아직도 변함이 없나요?"

"나는 언제까지나 네 편이다."

마음을 따뜻하게 만들어주는 아미성녀의 다정한 대답.

괜히 얼굴에 홍조를 띠는 것이 조금 마음에 들지 않기는 했지만 상황이 급해서 탓할 생각도 하지 못했다.

"무림맹주가 이상해요."

"원래 정상은 아니었다."

이것 역시 아미성녀이기에 꺼낼 수 있는 대답.

그 대답을 듣고서 하마터면 웃음이 터져 나올 뻔한 것을 간신히 참은 뒤 사무진이 다시 입을 뗐다.

"가만히 있는 우리 마교를 못 잡아먹어서 안달이 났어요."

"어떻게 할까?"

"그래서 말인데… 부탁 하나만 들어줘요."

"뭐든지 말해라."

"무림맹주의 치명적인 약점을 찾아줘요. 가능해요?"

"어려울 것도 없지. 맡겨두거라."

시원하게 대답하는 아미성녀가 고마웠다.

그래서 자신도 모르는 사이에 아미성녀의 주름진 손을 움켜쥐었다.

"마교의 존폐가 걸린 문제예요."

"나만 믿거라."

그 대답을 하며 갑자기 눈을 감은 채 속눈썹을 파르르 떨고 있는 아미성녀를 보고 정신이 퍼뜩 들었다.

서둘러 손을 떼고 고개를 돌린 사무진의 눈에 육마존이 사도맹주 호원상과 대치하고 있는 광경이 들어왔다.

"무척 오래 기다렸군."

포위하듯 둘러싸고 있는 육마존을 바라보던 호원상이 웃음을 지었다.

그리고 그의 말은 틀리지 않았다.

육마존은 무려 삼십 년이 넘는 시간을 기다렸다.

바로 이 순간을 위해서.

"그 기다림이 헛되지는 않았군."

뇌마가 애써 흥분을 가라앉히며 대답했다.

"지난 세월의 한을 오늘 이 자리에서 모두 풀겠네."

"한이라… 그리 억울했던가?"

"당연한 말을……."

"시간이 이만큼 흘렀으니 이제는 솔직히 말해보세."

"……?"

"그 당시 마교가 무너진 것이 내 탓이었는가?"

"그건……."

"자네들도 그 책임에서 자유로울 수 없는 것 아닌가? 내가 한 일은 마교 내부에 이미 타오르고 있던 불구덩이에 부채질을 한 것이 다였네."

호원상이 담담한 목소리로 꺼내는 이야기를 듣던 육마존에게서 살기가 짙어졌다.

"그깟 말장난으로 책임을 회피하려 하지 마라."

육마존을 대표해서 뇌마가 살기가 잔뜩 실린 스산한 목소리로 대꾸했지만 호원상은 전혀 움츠러들지 않고 말을 이었다.

"천중악은 아까운 사람이었지. 그가 그런 최후를 맞이한 것에 자네들의 책임은 없다고 생각하는가?"

"궤변을 늘어놓지 마라."

"궤변이라… 정녕 궤변이라 생각하는가?"

"지금에서야 그런 식으로 책임을 전가하려 해도 변하는 것은 없다. 마교가 그리 무너진 이유는 네놈 때문이었다."

뇌마가 쥐어짜내듯 대답했다.

"그런가? 하나도 변하지 않았군."

"……."

"하긴 사람이란 쉽게 변하지 않지. 자신의 눈으로 보는 것만이 무조건 옳다고 믿는 존재니까. 마교의 어린 교주도 무척 힘들었겠군."

"시끄럽다."

더는 들을 생각이 없는 듯 뇌마가 검을 빼 들었다.

그리고 그것을 시작으로 나머지 육마존들도 일제히 움직이기 시작했다.

하지만 호원상은 여전히 여유가 있었다.

"원한다면 시작하지. 과연 늙은 구렁이들이 내 상대가 될까?"

일갈을 내지른 호원상이 진기를 끌어올렸다.

비록 자신있게 소리치기는 했지만 육마존은 가벼이 볼 수 없는 자들이었다.

그래서 그는 처음부터 전력을 다했다.

호원상이 끌어올린 것은 혈유무극단공.

혈유무극단공의 진기를 끌어올리자 상단전이 공명하기 시

작하며 첫 번째 이능인 사안이 열렸다.

조금 전까지 보이지 않던 공간을 이루는 길이 호원상의 눈에 들어왔다.

그뿐인가.

더불어 육감도 깨어났다.

사람이 가지고 태어나는 다섯 가지 감각인 오감의 영역을 벗어난 여섯 번째 감각이 상단전의 공명을 바탕으로 영민하게 반응하기 시작했다.

비록 육마존에 의해 포위되어 있다 하나, 사안과 육감이 깨어나자 그들의 움직임이 훤히 보였다.

사각. 사각. 사각.

그와 동시에 혈유무극단공의 진기가 대기와 부딪치며 만들어지는 이명이 흘러나오기 시작했다.

그 이명이 거슬렸을까.

육마존이 더는 기다리지 않고 움직이기 시작했다.

가장 먼저 다가오는 것은 검마가 휘두른 검.

검마의 독문무공인 마도파검은 어느 한쪽으로 치우치지 않고 패와 쾌를 겸비했기에 강호의 일절로 불리고 있는 무서운 검이었다.

하지만 지금 다가오는 검은 그 위력이 반감되었다.

호원상이 지배하는 공간 속에서 펼쳐지는 검이기에.

그리고 이미 속도와 위력이 반감된 검이 무서울 리가 없었다.

호원상이 왼쪽으로 한 걸음 움직였다.

다가오는 검을 슬쩍 옆으로 비껴내며 손등으로 검신을 때렸다.

챙.

손등과 검신이 부딪친 순간, 청아한 소성과 함께 검신이 부러질 듯 휘어졌다 본래의 모습으로 돌아왔다.

그러나 이미 검마의 안색은 백지장처럼 창백하게 변해 있었다.

단 한 수의 공방.

그러나 검신을 타고 검마의 몸속으로 흘러들어간 흑운장의 진기로 인해 적잖은 내상을 입었으리라.

그 순간, 등을 노리고 또 하나의 검신이 파고드는 것을 확인한 호원상의 눈에 살짝 놀란 빛이 떠올랐다.

다가오는 검이 노리는 곳은 목덜미 바로 아래.

혈유무극단공을 극성으로 끌어올리면 의식하지 않아도 스스로 호신강기가 만들어지는 것은 또 하나의 이능이었다.

하지만 그 호신강기가 유일하게 닿지 않는 곳이 목덜미 아래 부분이었는데 심마는 마치 알고 있다는 듯 용케 그곳을 노리며 파고들고 있었다.

"느려!"

그러나 호원상은 여전히 여유를 잃지 않았다.

심마의 검은 자신이 지배하는 공간 안에서 평소의 위력을 발휘하지 못하고 있는 만큼 큰 위협이 될 리가 없었다.

검을 피하는 것이 다가 아니라 어느새 심마와의 공간을 좁힌 호원상이 뻗은 오른손이 심마의 가슴 어림을 건드렸다.

쿨럭.

본능적으로 위기를 느끼고 재빨리 뒤로 물러나며 충격을 줄이려 하는 움직임은 나무랄 데가 없었다.

그렇지만 먹구름처럼 검은 진기를 머금은 흑운장이 가슴에 닿은 이상, 한동안 운신이 어려울 정도로 큰 내상을 입었으리라.

검게 죽은 선혈을 토해내며 주저앉은 심마를 힐끗 살핀 후, 호원상이 지체하지 않고 오른발을 들어 올렸다.

쿵.

진기가 가득 실린 일보로 바닥을 밟았다.

평범한 진각처럼 보이겠지만 아니었다.

호원상이 노린 것은 땅속으로 움직이고 있는 유령신마였다.

그가 지배하는 공간은 땅 위만이 아니었다.

땅 아래에서 기회를 노리고 은밀하게 움직이고 있던 유령신마에 대해서는 이미 파악하고 있었다.

적잖은 충격을 받은 듯 땅 위로 모습을 드러낸 유령신마가 검게 죽은 선혈을 한 움큼이나 토해낼 때, 호원상의 신형은 조금 전 일보를 진각으로 삼아 움직이고 있었다.

환음마소.

색마가 입매를 말아 올리고 있었다.

절로 속이 울렁거릴 정도로 기분 나쁜 웃음을 짓고 있었지만, 긴장 탓인지 그 웃음은 어딘가 딱딱하게 굳어진 느낌이 들었다.

그리고 미처 환환만화공을 펼치기도 전에, 호원상과 색마의 거리는 좁혀져 있었다.

그때였다.

뭔가 다가온다고 육감이 소리쳤다.

한순간 목덜미에 이물질이 파고들며 따끔한 느낌이 전해졌지만 신경 쓰지 않고 마저 장력을 펼쳤다.

퍼엉.

흑운장에 실린 위력을 감당하지 못하고 색마가 허공으로 떠올랐다 바닥에 처박히는 것을 확인하며 호원상이 신형을 돌렸다.

왼손을 뒤로 뻗어 뒷목덜미에 박혀 있는 것을 빼내었다.

"독수비공?"

호원상의 왼손에 들린 것은 검정색 손톱이었다.

그리고 그는 독마의 독문무공인 독수비공에 대해서도 알고 있었다.

"알고 있다니 다행이군. 여기서 끝이야."

독마의 입가로 의기양양한 미소가 떠올라 있는 것이 보였다.

하지만 그 미소는 곧 사라졌다.

"독수비공을 알고 있음에도 피하지 않은 데는 이유가 있겠지."

호원상이 손에 들고 있던 흑색 손톱을 바닥에 내팽겨쳤다.

그리고 낯빛이 어둡게 변한 독마는 거들떠보지도 않고, 마지막으로 남은 뇌마를 향해 시선을 던졌다.

사각. 사각. 사각.

혈유무극단공의 진기가 대기와 마찰하며 만들어지는 이명이 다시 흘러나왔다.

"피할 수 있으면 어디 한번 피해보게."

극성으로 끌어올린 혈유무극단공이 온전한 위력을 발휘하기 시작했다.

귓가를 헤집어놓는 이명으로 인해 고통스러운 듯 얼굴을 찌푸리고 있는 뇌마를 향해 호원상이 걸음을 떼기 시작했다.

"천마유심신공. 천마의 무공이자 한때 무적이라 불리던 무공으로도 감히 상대하지 못했던 무공이 혈유무극단공이야."

"……."

"내가 가두는 것은 공간, 그 공간 속에서는 그 어떤 것도 나의 지배를 벗어나지 못해. 하지만 내가 가두는 것이 단순한 공간일 뿐일까?"

호원상은 서두르지 않았다.

그리고 호원상의 입가에 떠올라 있던 미소가 짙어졌다.

뇌마가 서 있는 주변의 대기가 요동치고 있는 것이 느껴졌다.

그로서는 지금의 상황이 적잖이 당혹스러울 터.

지난바 모든 것을 끌어내며 이 상황을 타개하려고 애쓰고 있을 터였다.

하지만 그게 가능할 리 없었다.

호원상의 무공의 파편을 얻은 것에 불과한 사연랑이 혈랑여희라는 명성을 얻으며 천하십대고수에 올랐을 정도로 혈유무극단공은 무서운 무공이었다.

비록 마교의 육마존이 강호에서 쌓아온 명성이 가짜가 아니라 하더라도, 감히 그들로서는 상대할 수 없는 무공이었다.

어쩌면 이것은 당연한 결과.

"내가 지배하려는 것은 천하일세."

호원상이 내민 오른손이 뇌마의 목덜미를 노리고 파고들었다.

"뭐 해요?"

"뭘 말인가?"

"이제 나설 차례잖아요."

"내가?"

"지금 모른 척하는 거예요?"

"대체 뭘 말하는지 모르겠군."

그게 무슨 소리냐는 듯 펄쩍 뛰고 있는 유정생을 바라보며 사무진이 어이없다는 표정을 지었다.

그리고 한마디를 덧붙였다.

"무슨 무림맹주가 그래요?"

"왜?"

"채신없이 펄쩍 뛰기나 하고. 설마 겁 먹은 거예요?"

"그런 게 아니네."

"그럼요?"

"아직 때가 되지 않았다는 생각이 들어 나서지 않는 것뿐일세."

사무진이 슬쩍 찔러보았지만 유정생은 역시 노련했다.

능글맞은 표정으로 멋쩍은 웃음을 짓기는 했지만, 먼저 나서서 사도맹주와 싸울 생각은 전혀 없어 보였다.

"일을 벌였으면 책임을 져야죠."

"그래, 그래야지."

"그런데 왜 안 나서는 건데요?"

"그게… 꼭 내가 책임을 질 필요는 없으니까."

그리고 계속해서 말을 돌리는 유정생의 의도는 명백해 보였다.

버틸 때까지는 버티겠다는 것이었다.

"그럼 누가 책임져요?"

"누군가 책임질 사람이 나타나겠지."

"설마 나보고 책임지라는 거예요?"

"물론 그게 꼭 자네일 필요는 없지만 옛말에도 있지 않은가? 목이 마른 사람이 우물을 판다는."

"끄응."

사무진이 결국 신음성을 토해냈다.

유정생의 말대로 지금 당장 급한 사람은 사무진이었다.

여기서 좀 더 어영부영하다가는 마교의 장로들인 육마존이 단체로 죽을 위험에 처해 있었으니까.

"하여간 제멋대로 나서서 설칠 때 알아봤다니까."

솔직히 내심을 밝히면 저대로 죽도록 놔둘까 하는 마음도 없지는 않았다.

하지만 차마 그럴 수는 없었다.

미운 정도 정이었다.

혈마옥에서 호랑이 고기를 생으로 뜯어먹으며 쌓았던 그놈의 정이 사무진의 발목을 붙잡았다.

그리고 꼭 그 이유 하나만은 아니었다.

마도삼기와 매난국죽을 잃고 난 후 알게 되었다.

가까운 사람들을 잃는 것이 얼마나 아픈 것인가를.

눈앞에서 육마존을 잃고 싶지는 않았다.

"내가 하죠."

"진즉에 그럴 것이지."

그제야 만족스런 기색을 드러내는 유정생을 사무진이 다시 한 번 쏘아보았다.

"왜 이래요?"

"또 뭘 말하는 건가?"

"갑자기 이러는 이유가 뭐예요?"

"이유라면 자네도 아까 듣지 않았나? 다시 볼 수 없는 좋은 기회가 찾아왔으니, 이번 기회를 통해서 강호의 질서를 어지럽히는 사마의 무리를 모두 제거할 웅대한 뜻을 품었다고 말했던 것 같은데."

유정생이 정색한 채 대답했지만 사무진이 원한 답은 이런 것이 아니었다.

"그런 거 말고 진짜 이유요."

"진짜 이유?"

"사람들 앞에서 번지르르하게 늘어놓는 그런 가짜 이유 말고 진짜 이유를 말해줘요. 지금은 우리 둘밖에 없으니까요."

사무진의 이야기를 듣던 유정생이 웃음을 머금었다.

"지겨웠네."

"지겨웠다?"

"무능하다는 이야기를 듣는 것 말일세. 한두 번은 웃으면서 넘겼는데 자꾸 쌓이다 보니 그게 안 되더군. 내게 그런 이야기를 하던 사람들에게 보여주고 싶었네, 내가 무능하지 않다는 것을."

"……."

"이 정도면 대답이 되었나? 그런데 이렇게 여유를 부려도 되나? 잘못하다가는 마교의 장로들이 모두 죽을지도 모르겠는데."

유정생이 재촉하는 것을 들으며 사무진이 고개를 끄덕였다.

일단은 못난 마교의 장로들을 구하는 것이 우선이었다.

그리고 나머지는 그다음에 생각할 일이었다.

사무진이 호원상을 향해 파천무극권을 펼쳤다.

그리고 다가오는 파란색 강기의 덩어리는 호원상도 경시하지 못하고 진중한 표정으로 맞받았다.

퍼엉.

흑운장으로 파천무극권을 받아낸 호원상의 두 눈에 일순 이채가 떠올랐다 사라졌다.

하지만 사무진은 호원상을 바라보지 않았다.

대신 육마존을 힐끗 살핀 후 입을 뗐다.

"그만하죠."

"그만두라?"

"알고 보면 불쌍한 노인들이거든요. 대충 알고 있겠지만 그동안 혈마옥에 갇혀서 고생도 엄청 많이 했어요."

"스스로 택한 길이었지."

"뭐, 그 말도 틀린 건 아니네요."

"자네도 알겠지만 이들은 나에게 깊은 원한이 있네. 날 죽이기 전에는 아마 멈추려 하지 않을 걸세."

"늙은이들 고집이죠."

"고집이든 뭐든 하나는 분명하지. 일부러 죽어줄 수는 없으니 나는 저들을 죽일 수밖에 없네."

"그 말도 맞네요."

"……?"

"그런데… 내가 그걸 가만히 두고 볼 수가 없네요."

사무진이 깊은 한숨을 내쉬며 입을 뗐다.

그 이야기를 듣던 호원상이 의외라는 표정을 지었다.

"사이가 그다지 좋지 않다고 들었는데 내가 잘못 알았던 건가?"

"그 얘긴 또 어디서 들었는지 몰라도 부인하기는 힘드네요."

사무진이 순순히 인정하자 호원상이 본격적으로 호기심을 드러냈다.

"그럼 물러나게. 이들을 위해서 아까운 목숨을 걸 필요는 없지 않나?"

"그게 정답이긴 한데……."

"그런데?"

"조금 살아보니까 인생이 꼭 정답을 따라가는 건 아니더라구요."

사무진이 히죽 웃었다.

그리고 한마디를 덧붙였다.

"어쩌면 뒷골목에서 배수짓이나 하던 내가 마교의 교주가 된 것부터 인생의 정답에서 벗어난 건지도 모르죠."

"자네 말이 맞을지도 모르겠군."

"그래도 이제 와서 어쩌겠어요? 다시 돌리기는 너무 늦었 잖아요."

"결국 이들을 껴안고 가겠다는 뜻인가?"

"마음에 안 들어서 내치고, 조금 모자라서 내치고, 뜻이 같 지 않다고 내치고 할 정도로 내가 모질지가 못하네요."

"하지만 이들을 껴안고 가려면 분명히 난관에 부딪칠 텐 데."

"이미 각오하고 있어요. 죽이 되든 밥이 되든 어떻게든 되 겠죠. 그나저나 소문으로 들었던 것보다 훨씬 다정하네요. 남 의 문파 걱정까지 다 해주고."

"하나만 더 묻지."

"뭔데요?"

"그래서 자네가 만들려 하는 마교는 어떤 곳인가?"

사무진이 잠시 망설이다 대답했다.

"원래는 착한 마교를 만들 생각이었는데… 그건 어려울 것 같네요. 몇 년 지내보니까 강호라는 곳이 워낙 뻐딱해서."

"……?"

"대신 부끄럽지 않은 마교를 만들 생각이에요. 나중에… 아주 나중에 내가 마교의 교주였다는 것을 자신있게 말할 수 있을 정도로."

사무진이 감았던 눈을 뜨자 호원상이 고개를 끄덕이는 것이 보였다.

"어린 용이 가슴에 뜻을 품었군."

"얼마 전에 사연랑에게는 하룻강아지라고 불렸는데 이젠 용이라 불러주네요. 그거 칭찬이죠?"

"물론 칭찬이네. 하지만 어린 용이 가슴에 품은 뜻을 펼치기에 강호는 너무 비정한 곳이라네."

"……."

"그리고 그것을 깨닫게 해주지."

호원상의 입가로 차가운 미소가 스치고 지나갔다.

하지만 사무진은 심드렁한 표정으로 대꾸했다.

"하여간 겉멋은. 멋 부리지 말고 말해요, 자식들의 복수를 하겠다고."

"그럴 생각이네."

"나도 아직 죽을 생각은 없어요. 그리고 우리 희대의 살인마들을 대신해서 당신을 죽일 생각이에요. 솔직히 말하면 겁나지만."

사무진이 어느새 움츠러들었던 어깨를 쭉 펴며 투지를 불러일으켰다.

"끝까지 나서지 않을 생각이오?"

자운묵창을 들어 올리고 있는 사무진을 힐끗 살핀 후, 호원상이 유정생을 향해 질문을 던졌다.

"나는 조금 더 기다릴 생각이오. 당신에게는 이미 상대가 있으니까."

유정생이 사무진을 눈짓으로 가리키며 대답하자 호원상이 미간을 찌푸렸다.

"용이라 불릴 자격이 있다 하나 아직 유룡일 뿐이오. 당신이 먼저 나서는 것도 나쁠 것 같진 않은데."

"방심하지 마시오. 어린 용이 품고 있는 패기가 당신의 날개를 물어뜯을 수도 있는 법 아니겠소."

"유룡을 희생해 내가 상처 입기를 기다린다?"

"좋을 대로 생각하시오."

"……."

"어차피 죽일 생각이었던 것으로 아는데 순서가 뭐 그리 중요하오? 결국은 살아남는 자가 모든 것을 가지는 도박일 뿐인데."

유정생을 노려보던 호원상이 고개를 끄덕였다.

그의 말은 틀리지 않았다.

어차피 사무진이라는 이놈은 죽일 생각이었다.

아니, 이곳에 모여 있는 정파의 무인들은 모두 죽일 생각이었다.

먼저 죽든, 조금 나중에 죽든 무슨 차이가 있을까.

다만 호원상은 유정생의 의도가 궁금했을 뿐이었다.

"아직도 이번 기회를 통해 사마의 무리를 모두 제거하겠다던 처음의 그 생각에는 변함이 없소?"

"그렇소."

"그렇다면 날 꺾을 자신이 있는가 보구려."

"솔직한 답을 원하시오?"

"여기까지 온 마당에 감출 필요가 뭐가 있소?"

호원상의 이야기를 듣던 유정생이 희미한 미소를 머금은 채 대답했다.

"사실 당신이 준비했던 패가 무위로 돌아간다면 내가 유리하지 않을까 하는 생각을 했소. 그런데 당신은 내 생각보다 더 강하오."

"포기하는 거요?"

"물론 그건 아니오. 성난 유룡이 당신의 이빨의 부러뜨려 준다면 나도 한 번 승부를 겨뤄볼 수 있을 것 같소."

유정생의 대답을 듣던 호원상이 쓴웃음을 머금었다.

지금 나눈 대화를 통해 유정생의 의도는 명백히 파악할 수 있었다.

그리고 고개를 돌려 사무진을 바라보며 입을 뗐다.

"날 다치게 하기에는 마교의 교주는 아직 어리오."

"아까도 말했지만 싸워보기 전에는 알 수 없지요. 마교의 교주는 하루가 다르게 달라지는 자니까."

여전히 기대의 끈을 놓지 않고 있는 유정생을 향해 호원상이 입을 뗐다.

"두고 보시오. 그 기대가 헛된 것이었다는 것을 알게 될 테니."

"고맙구나."

토해낸 선혈로 가슴 어림이 붉게 변한 채 다가와 입을 여는 뇌마 노인은 오늘따라 무척이나 초라해 보였다.

갑자기 몇 년은 더 늙어버린 것 같기도 했고.

그래서 그 얼굴을 마주하는 순간, 마음이 약해질 뻔했지만 사무진은 애써 마음을 다잡았다.

"그렇게 미리부터 괜히 감동받지 말아요. 그리고 착각하지도 말아요. 이번 일이 마무리되고 나면 내 명령도 없이 멋대로 나선 것에 대해서 분명히 따지고 넘어갈 거예요. 괜히 나서서 일만 곤란하게 만들었으니까."

"……."

"실력이 없으면 나서지를 말던가."

사무진이 빈정대는 말을 듣고서 육마존의 얼굴이 붉게 달아올랐다.

하지만 어디 하나 틀린 말은 없었기에 육마존이 입을 다물고 있을 때, 홍연민이 곁으로 다가왔다.

"죽지 말게."

"걱정 말아요. 마교의 군사가 천마불사도 몰라요?"

"물론 아네. 다만……."

"다만 뭔데요?"

"심 장로가 그러더군. 그건 그냥 하는 말일 뿐이라고."

"그래요? 그럼 그렇게 외치지를 말던가."

"자네도 알지 않나?"

"알죠. 입만 살아 있는 노인이라는 걸."

"그리고 마교의 교주 자리를 노릴 정도로 야심도 크지."

"그것도 알죠."

"그러니 죽지 말게, 마교의 교주 자리를 심 노인에게 넘기기 싫으면."

"투지가 마구 샘솟는데요."

불끈 주먹을 쥐고 있는 사무진을 복잡한 감정이 섞인 눈으로 바라보던 홍연민이 어깨를 두드려 주고 떠나자 다음으로 혈영마존이 다가왔다.

"나 대신 싸워줄 생각은 아니죠?"

"그래."

혹시나 하는 기대를 품고 물었지만 혈영마존의 대답은 명쾌했다.

그리고 사무진도 큰 기대를 하지 않고 있었다.

반로환동을 해서 젊어진 채 다시 나타난 혈영마존에게서는 어딘가 예전과 다른 분위기가 풍겼다.

이걸 뭐라고 설명해야 할까?

말로 표현하는 것이 쉽지는 않았지만 굳이 설명하자면 예전에는 사람 냄새가 풍겼었는데 지금은 사람이라는 느낌이 들지 않았다.

숨을 쉬고, 말을 하고, 걸어다니기는 하나 존재감이 희미했다.

가끔씩 곁에 있다는 사실조차도 깜박할 정도로.

"죽을지도 몰라요. 내가 죽어도 상관없어요?"

"그게 뭐가 대수라고. 어차피 영원히 살 수 있는 존재는 없다."

역시 오랜 시간을 살아온 혈영마존이기에 꺼낼 수 있는 대답.

"예전에 내가 했던 말을 기억하느냐?"

"뭐요?"

"너보다 강한 상대를 만났을 때 어떻게 해야 한다고 말해 주지 않았더냐?"

기억이 날 듯 말 듯했다.

예전에 헤어질 당시, 뭔가 대단한 비기를 전수해 줄 것 같은 분위기를 풍기면서 해주었던 시답잖은 이야기들이.

"시작하지!"

그래서 다시 물으려는 순간, 호원상이 입을 뗐다.

그리고 사무진이 순순히 고개를 돌리려는 찰나였다.

"이 어린 놈의 새끼가 감히 버릇없이 어르신이 이야기를 하는 도중에 끼어들어 말을 잘라먹어? 죽을래?"

혈영마존이 싸늘한 일갈을 내뱉었다.

그 일갈을 듣고서 호원상의 얼굴에 황당한 빛이 어렸다.

이미 수백 년을 살았지만 반로환동을 통해 이제 겨우 이십 대 초반의 얼굴을 하고 있는 혈영마존이었다.

그 사실을 알 리 없는 호원상으로서는 이제 갓 스물이 넘은 듯 보이는 새파란 놈에게 이런 소리를 들었으니 기분이 좋을 리 없었다.

하지만 호원상은 쉽게 움직이지 못했다.

찰나라 불러도 좋을 정도로 순간에 불과했다.

하지만 혈영마존이 순간적으로 드러낸 기세를 놓칠 그가 아니었다.

당혹스러웠다.

그가 드러낸 기세.

그 기세는 호원상의 등골을 서늘하게 만들 정도로 강렬했다.

그리고 자신도 모르는 사이 한 걸음 뒤로 물러났다는 사실을 깨닫고 나서는 머리가 복잡해졌다.

대체 저 젊은 청년의 정체가 무엇일까에 대해 고심해 보았지만, 짐작조차 제대로 가지 않았다.

그래서 좀 더 자세히 살피기 위해서 호원상이 눈을 가늘게 뜰 때, 혈영마존은 다시 본래의 신색을 회복한 채 사무진에게 입을 뗐다.

"그 중요한 걸 까먹어?"

"나보다 강한 사람이 별로 없었거든요."

"하긴… 그럴 수도 있었겠군."

"……."

"하지만 그걸 기억하며 싸울 때가 찾아왔구나."

"그렇네요."

"나보다 일찍 죽지 마라. 네놈이 먼저 죽으면 심심할 것 같으니까."

혈영마존이 씨익 웃었다.

그리고 호원상을 향해 다시 고개를 돌리며 입을 뗐다.

"저놈, 알고 보면 별거 아냐."

그 말을 마지막으로 멀어지는 혈영마존의 등을 바라보다 사무진이 자운묵창을 든 손에 힘을 더했다.

이제는 진짜 싸울 때였다.

뭔가 골몰히 생각에 잠겨 있는 호원상을 향해 사무진이 신형을 돌릴 때였다.

"교주님!"

왜 안 나서나 했던 심 노인이 어김없이 소리쳤다.

"또 왜요?"

"얼른 끝내십시오."

"……."

"사도맹주 따위야 오초지적도 되지 않으니까요."

"아, 진짜. 오초지적이란 말은 안 했다니까요."

"놀라운 실력과 더불어 겸손한 모습까지 갖추시다니 역시 교주님이십니다. 저는 교주님만 믿습니다."

앙상하게 마른 두 주먹을 불끈 움켜쥐고서 소리치는 심 노인을 노려보던 사무진이 깊은 한숨을 내쉬었다.

하여간 심 노인은 평생에 도움이 되지 않았다.

오초지적이란 말에 잔뜩 화가 난 듯 호원상의 눈빛이 사납게 변해 있었다.

第八章

승부

荷蕽乳蒸煎棄陽細腸五福佑秊子王
至大改元四月佛浴道吉廣高傳行世
日弟子趙孟頫敬書長座前示

老君演此真妙經克正

共同
傳人
공동전인

"겁먹지 말자고. 어차피 나하고 똑같은 사람일 뿐이잖아. 칼에 찔리면 안 죽고 베기겠어."

혼잣말을 중얼거리며 자꾸만 움츠러드는 어깨를 쫙 폈다.

하지만 큰 도움이 되진 않았다.

사각. 사각. 사각.

조금 전부터 흘러나와 귓가를 헤집어놓기 시작하는 이명을 들으며 사무진의 표정이 굳어졌다.

호중경을 상대할 당시, 경험한 적이 있던 이명이었다.

그런데 달랐다.

호중경이 만들어내던 이명이 그저 귓가를 간질이는 수준이었다면, 지금 호원상이 만들어내고 있는 이명은 두 손을 들어 올려 귀를 틀어막아 버리고 싶을 정도로 강렬했다.

'음공에는 음공으로.'

결심을 굳힌 사무진이 자운묵창을 들어 올렸다.

쿠어어어.

그리고 용음진세를 펼쳤지만 사무진의 표정은 밝아지지 않았다.

영 마음에 들지 않았다.

평소에 적룡이 지르던 우렁찬 포효가 아니었다.

어딘가 시들했다.

잔뜩 주눅이 든 것처럼.

"왜 이래?"

기분이 상해서 창두를 툭툭 건드려 보았지만 적룡은 포악한 이빨을 드러내는 대신 새색시마냥 다소곳이 눈을 깔았다.

"아무리 못난 부모라 하나 부모란 존재는 자식을 가슴에 묻는 것. 그 아이들의 한을 풀어주겠네."

창두를 두드리던 사무진이 석상처럼 굳어졌다.

'이게 뭐지?'

주변의 대기가 빡빡하게 변했다.

마치 거미줄처럼 전신을 칭칭 옭아매고 있었다.

얼핏 보기에는 혈랑여희 사연랑이 만들어내던 강기의 그물과 비슷한 듯 보였지만, 한층 더 조밀했다.

게다가 단순히 가두는 것이 아니라 조여오고 있었다.

그리고 그게 다가 아니었다.

단순히 조여오던 대기가 어느 순간부터인가 칼날처럼 날카롭게 변한 채 호시탐탐 기회를 노리고 있었다.

"마교의 어린 용은 날개를 펴보기도 전에 꺾이겠군."

이걸 어찌 막을까.

눈앞이 캄캄해졌다.

본능적으로 자운묵창을 휘둘렀다.

하지만 그조차 여의치 않았다.

빡빡하게 조여오는 대기가 움직임을 방해했다.

한 걸음을 떼는 것조차 힘겨울 정도로.

파바밧.

그때였다.

기회를 호시탐탐 노리고 있던 대기가 만들어낸 칼날이 사무진의 팔뚝을 스치고 지나가며 피가 튀었다.

그리고 그 피를 확인하고 놀라서 눈을 동그랗게 뜨고 있던 사무진이 이내 바삐 발을 놀리기 시작했다.

천지미리보.

대기가 만들어낸 칼날의 공격은 그게 시작이었다.

그 대기의 칼날에 베이면 상처를 입는다는 사실을 이미 알고 있는데 가만히 서서 당할 수는 없었다.

그래서 천지미리보를 펼쳤지만 그조차도 여의치 않았다.

급한 마음과 달리 움직임은 둔했다.

그리고 대기의 칼날은 기다려 주지 않았다.

파밧.

허벅지 어림에서 다시 피가 튀었다.

파바밧.

옆구리에 또 하나의 혈선이 생겼다.

"빌어먹을!"

사무진이 참지 못하고 소리를 지르며 이를 악물고 자운묵창을 휘둘렀다.

그제야 적룡이 포악한 이빨을 드러냈지만 적룡이 물어뜯은 것은 아무것도 없었다.

적룡이 내뿜은 화염과 부딪치자마자 대기의 칼날은 언제 그랬냐는 듯 한가닥 미풍으로 바뀌어 흩어졌다.

약이 오른 적룡이 콧김을 내뿜는 동안에도, 사무진의 전신에 새겨지고 있는 상처는 하나둘 늘어만 가고 있었다.

"갇혀 있는 용은 더 이상 용이라 불릴 자격이 없지."

비 오듯이 흘러내리는 땀이 눈을 따갑게 만들었다.

"그 공간을 벗어나지 못하는 이상, 자네는 죽네."

뜻대로 움직이지 않는 신형이 마음에 들지 않았다.

"왜 이렇게 말이 많아."

그래서 호원상이 뭐라고 자꾸 중얼대는 것도 짜증이 났다.

쿠어어어.

주인이 품고 있는 분노를 눈치챈 걸까.

마침내 본래의 포악함을 되찾은 적룡의 비늘이 일제히 곤 두섰다.

"어디 한번 해보자고. 가라."

그리고 곤두서 있던 수백 개의 적룡의 비늘이 사무진의 명령이 떨어지기 무섭게 호원상을 노리고 날아들었다.

사연랑을 당혹케 만들었던 용린격공.

용린격공이라면 호원상도 가벼이 여기지 못할 것이라 자부했건만, 사무진의 예상은 빗나갔다.

처음 무서운 기세로 날아가던 수백 개의 용린은 시간이 지날수록 본래 품었던 위력을 잃었다.

그리고 점차 그 위력을 잃어가던 용린들은 호원상의 신형에 닿기도 전에 그 힘을 완전히 잃고 허공으로 사라졌다.

"진짜 뭐야 이거?"

그 모습을 확인한 사무진이 콧김을 내뿜었다.

화가 났다.

공격도 방어도 전혀 이루어지지 않고 있는 지금의 상황이 주체할 수 없을 정도로 화가 났다.

그 화가 어느 정도 가라앉자 이번에는 두려움이 깃들었다.

호원상은 분명히 눈앞에 서 있었다.

삼 장밖에 떨어지지 않은 채로.

그런데 마치 같은 공간에 존재하지 않는 것처럼 느껴졌다.

불과 삼 장밖에 떨어져 있지 않은데 마치 아무도 존재하지 않는 빈 공간에서 혼자 날뛰는 것만 같은 착각이 들 정도였다.

여긴 또 언제 찢어졌을까.

왼쪽 이마 부근에 화끈거리는 느낌이 전해졌다.

찢어진 이마에서 미끈거리는 피가 흘러내렸다.

그 피가 스며들어서 어느새 붉게 물들어 버린 시야 사이로 호원상의 모습이 들어왔다.

그런 그는 처음 대결을 시작할 때와 조금도 달라지지 않았다.

여전히 그 자리에 두 발을 내딛고 서 있었다.

그리고 그를 바라보던 사무진이 지그시 입술을 깨물었다.

그의 시선은 자신을 향하고 있지 않았다.

호원상이 바라보고 있는 것은 혈영마존이었다.

신경이 쓰이는 것은 어쩔 수 없는 듯 힐끔거리며 혈영마존을 살피는 호원상을 확인하고서 자운묵창을 움켜쥔 오른손에 진기를 끌어올렸다.

고작 이 정도인가.

대결 중에 상대가 한눈을 팔게 할 정도로 자신이 약하다는 사실이 분했다.

그 분한 마음을 담아 자운묵창을 힘껏 던져 냈다.

슈아악.

빛살 같은 속도로 쏘아져 나가던 자운묵창이 대기가 만들어내고 있던 칼날과 연달아 부딪쳤다.

그때마다 점차 위력과 속도가 줄어들고 있는 자운묵창의 뒤를 따라 사무진이 달려나가기 시작했다.

파밧.

파바밧.

혈선이 생겼다.

방울방울 허공으로 선혈이 흩뿌려졌다.

원래 입고 있던 푸른색 장삼이 검붉은 피로 물들어 마치 혈인처럼 변했지만 사무진은 달려나가는 것을 멈추지 않았다.

그리고 여유가 넘치던 호원상의 얼굴이 살짝 굳어진 것은 바로 그때였다.

쿠어어.

적룡이 애달픈 울음을 토해냈다.

그리고 자운묵창이 바닥에 떨어진 후, 적룡도 희미하게 사라졌다.

그 모습이 안쓰럽기 그지없었지만 이미 계산하고 있었던 터.

전신에 상처를 입는 것을 무릅쓰고 사무진이 미친 듯이 앞으로 달려나온 데는 이유가 있었다.

거리가 좁혀졌다.

붉게 변한 시야 속으로 들어오는 호원상의 신형이 가까워진 것으로 일단 만족했다.

호원상의 얼굴에서 느긋함이 사라진 대신 당혹스러움이 떠올라 있는 것도 마음에 들었다.

"적어도 이젠 혼자 싸우지는 않겠네."

혈유무극단공은 공간을 지배하는 무공이라고 했다.

그리고 자신이 지배하는 공간에서 벗어나지 못하는 이상 죽음을 피하지 못한다는 호원상의 자신감은 오만이 아니었다.

그가 지배하는 공간은 무서웠다.

한 걸음을 떼는 것조차 쉽지 않을 정도로 빡빡하게 조여오는 대기의 압력.

예고도 없이 다가오는 대기의 칼날.

그 공간 속에 갇힌 채 반 각만 더 흘렀더라면 아마도 죽음을 피하지 못했으리라.

죽음의 공포가 밀려왔었다.

그러나 그 죽음의 공포보다 사무진을 더욱 괴롭혔던 것은 무력함이었다.

상대가 없이 혼자서 칼부림을 하는 듯한 기분이었다.

상대가 조종하는 대로 움직이는 꼭두각시처럼 느껴졌다.

하지만 이제는 상황이 달라졌다.

서로가 내쉬는 콧김의 뜨거움까지 느껴질 정도로 거리가 가까워졌다.

비로소 호원상의 존재가 전해졌다.

주먹을 내뻗고, 장력을 내뿜으면 닿을 거리.

그리고 빡빡하게 조여오던 대기의 압력이 한층 약해졌다.

호원상이 지배하는 공간의 영역에서 벗어났기 때문이리라.

"이젠 진짜로 한번 해보죠."

피가 흘러내리고 있는 입가를 일그러뜨리며 사무진이 히죽 웃었다.

호원상이 뒤로 물러나며 다시 거리를 벌리려 했지만, 그것을 가만히 내버려 둘 사무진이 아니었다.

바짝 따라붙으며 오른손을 내뻗었다.

단파삼권.

세 갈래로 갈라진 채 다가간 장력을 가벼이 여기지 못하고 호원상이 흑운장을 끌어올려 맞이했다.

퍼엉. 퍼엉. 퍼엉.

막혔다.

세 갈래로 나뉘어진 채 파고들었던 장력은 완벽하게 막혔다.

그리고 오른손에 찌릿한 통증이 밀려왔지만 사무진은 다시 웃었다.

상대와 살과 살을 부딪치는 감각.

이 짜릿한 감각이 마음에 들었다.

적어도 혼자서 꼭두각시놀음을 하던 것은 면했으니까.

달라진 것은 또 있었다.

아까까지만 해도 이 싸움의 흐름을 완벽하게 움켜쥐고 자기 뜻대로 완급을 조절한 것은 호원상이었다.

하지만 이제는 그 반대가 되었다.

사무진이 이 대결의 흐름을 빼앗아와 오롯이 움켜쥐고 있었다.

혈강시와 대결을 펼치며 깨달았던 심득.

일정한 틀에 얽매이지 않는, 정해진 투로가 사라진 사무진의 거센 공격이 비로소 시작되었다.

퍼억.

부딪치는 장력.

장력이 막히자 팔꿈치를 밀어 넣었다.

빠각.

팔꿈치와 팔꿈치가 부딪치며 호원상이 처음으로 미간을
찌푸렸다.

하지만 끝이 아니었다.

팔꿈치 공격이 막히는 것을 기다렸다는 듯이 무릎을 쳐
올리자 눈썹을 꿈틀한 호원상이 손을 들어 간신히 막아냈
다.

그리고 흑운장을 휘둘러 반격하려 했지만 사무진은 그 틈
조차 주지 않았다. 끌어올린 진기가 꿈틀거리는 어깨를 밀어
넣자 호원상이 반격을 포기하고 한 걸음 뒤로 물러났다.

그런 그의 앞으로 다시 팔꿈치를 밀어 넣으며 사무진이 차
가운 미소를 흘렸다.

간신히 얻은 기회.

사무진은 이 기회를 놓칠 생각이 없었다.

"누가 이기겠습니까?"

두 눈에 잔뜩 힘을 주고 살폈지만 홍연민은 제대로 보이는
것이 없었다.

사무진과 호원상 사이에 잠시도 쉴새없이 공방이 펼쳐지고 있다는 사실은 알 수 있었지만, 그게 전부였다.

"몰라. 둘 중 하나는 이기겠지."

하지만 혈영마존은 제대로 대답해 주지 않았다.

그러나 그도 사무진과 호원상의 대결에서 한시도 눈을 떼지 않았다.

그리고 가끔씩 신형을 움찔거리며 주먹을 쥐었다 풀었다 하고 있었다.

"그래도 어르신께서는 누가 유리하다는 것 정도는 알 수 있지 않습니까?"

"비슷해."

"비슷합니까?"

"실력은 마교의 교주가 조금 달리는데 대신 주도권을 움켜쥐었어. 저 정도의 실력 차는 주도권을 움켜쥐면 대충 극복할 수 있기는 한데……."

"……."

"그래도 마교의 교주가 질 것 같아."

"그렇습니까?"

"그런데 마교의 교주의 실력이 그동안 많이 늘어서 꽤나 재미있는데. 오래간만에 피가 끓어."

혈영마존의 예상을 듣고 홍연민의 표정이 어두워졌다.

그리고 귀를 쫑긋 세우고 두 사람의 대화를 엿듣고 있던 심 노인이 중얼거렸다.

"분명히 오초지적이라고 하셨는데. 반대였나?"

머리를 긁적이던 심 노인의 눈이 반짝였다.

"이렇게 교주님께서 돌아가신다면 역시 차기 교주는 나뿐인가?"

권력욕을 감추지 않고 드러내던 심 노인은 홍연민의 날카로운 시선을 받고는 찔끔한 표정으로 허공으로 시선을 던졌다.

"누가 이길 것 같나?"

유정생의 질문을 듣고서 잠시 생각에 잠겼던 허민규가 대답했다.

"사도맹주가 이길 것 같습니다."

"왜 그리 생각했나?"

"비록 지금은 호각세를 이루고 있으나 이대로 시간이 흐른다면 사도맹주에게 유리해질 겁니다. 경험의 차이는 극복하기 어려운 것이니까요."

허민규의 예리한 분석을 듣던 유정생이 고개를 끄덕였다.

강호에 노고수가 많은 데는 다 이유는 있었다.

투지와 패기.

젊은 무인이 가질 수 있는 최고의 무기인 투지와 패기는 무섭다.

노고수들을 궁지로 몰아넣을 때도 있다.

하지만 그 투지와 패기가 무섭다고는 하나 결국 노고수가 쌓아온 경험을 넘지 못하는 경우가 대부분이었다.

"저 정도 하는 것만으로도 기대 이상일세."

"상대가 상대이니까요."

"솔직히 자신없군."

물끄러미 호원상을 응시하던 유정생이 입을 뗐다.

그의 독문무공인 혈유무극단공은 진정 무서운 무공이었다.

'만약 같은 상황에 처했다면?'

유정생도 혈유무극단공에 대해서 알고 있던 것이 전혀 없던 상황이었고, 호원상이 지배하는 공간의 영역에서 벗어나지 못했을 것이 틀림없었다.

그리고 그랬다면 어려운 상황에 처했으리라.

어쩌면 지금 사무진처럼 그 공간을 벗어나지도 못하고 패했을지도 몰랐다.

그런 면을 놓고 본다면 지금 사무진은 유정생이 처음 했던 예상을 한참 능가하는 선전을 하는 셈이었다.

"그럼 어쩔 생각이십니까?"

"글쎄. 어떻게든 되겠지."

"하지만……."

"그래서 마교의 교주를 응원하고 있네."

"왜입니까?"

"마교의 교주라면 감당할 수 있을 것 같거든. 그리고 꼭 그 이유가 아니더라도 하루가 다르게 성장하는 그가 이겼으면 하는 바람이 드네. 물론 현실적으로는 어렵겠지만."

치열하기 그지없는 대결을 바라보며 흥분한 유정생이 자신도 모르는 사이 주먹을 불끈 움켜쥔 채 대답했다.

천하제일인을 노리는 고수인 사도맹주 호원상.

혈랑여희 사연랑을 일방적으로 몰아붙이며 죽인 마교의 교주 사무진.

두 사람의 이름값에 걸맞은 대단한 대결이 펼쳐질 것이라 기대하고 있던 무인들의 눈에 실망한 빛이 떠올랐다.

일장에 산을 부수고, 일검에 바다를 가르는 엄청난 공방이 난무하는 대결을 기대했지만 전혀 달랐다.

지금 펼쳐지는 두 사람의 대결.

지켜보고 있는 무인들의 눈에 두 사람이 펼치는 공방은 뒷골목을 전전하는 건달들이나 벌이는 막싸움으로밖에 보이지 않았다.

서로 엉켜서 드잡이를 하는 정도의 막싸움.

하지만 혈영마존과 유정생을 비롯한 고수라 불릴 자격이 있는 자들은 달랐다.

주먹까지 불끈 움켜쥔 채로 어느 누구도 두 사람이 펼치고 있는 대결에서 잠시도 눈을 떼지 못했다.

그만큼 빠르고 치열하게 오고가는 공방.

그들은 그 공방을 하나라도 놓치지 않기 위해 애쓰고 있었다.

사선으로 쳐 올린 사무진의 팔꿈치가 호원상의 팔뚝에 막혔다.

그리고 밀리는 것처럼 한 걸음 뒤로 물러났던 사무진이 돌연 어깨를 앞세워 호원상에게 돌진했다.

이미 틀 따위는 버린 지 오래였다.

반격의 틈을 주지 않기 위해 연달아 펼치는 공격은 오직 본능에 의존했다.

그리고 그 공격들은 마구잡이로 휘두르고 때리는 것처럼 보였지만 모두 대단한 위력을 담고 있었다.

마구잡이로 펼치는 듯한 공격들은 호원상과 벌어져 있는 가장 짧은 거리를 좁히며 파고들고 있었다.

'막혔어!'

하지만 호원상은 단 한 번의 공격도 허용하지 않았다.

"괜찮은 공격. 그러나 내게는 통하지 않네."

진기가 가득 실린 어깨와 어깨, 팔꿈치와 팔꿈치가 연달아 부딪치며 쉬지 않고 폭음이 터져 나왔다.

그리고 시간이 흐를수록 답답함을 느끼는 것은 사무진이었다.

지금까지 모든 것을 쏟아부었다.

현재 자신이 펼칠 수 있는 최고의 공격들을 쏟아부었지만 호원상의 장담처럼 아무것도 통하지 않았다.

그 이야기를 듣는 순간 화가 났지만 엄연한 사실이었다.

서서히 지쳐 가는 자신과 달리 호원상은 시간이 흐를수록 여유를 찾고 있었다.

하지만 마땅히 다른 방법을 찾기도 어려웠다.

그래서 사무진이 다시 파천무극권을 펼친 순간이었다.

"오감을 벗어난 또 하나의 감각인 육감을 벗어날 수 있는 공격은 없네."

타이르듯 호원상이 내지른 일갈.

'주저리주저리 말도 많네!'

사무진이 속으로 불평을 터뜨리다가 눈을 크게 떴다.

지금껏 사무진의 공격에 오직 방어만을 하고 있던 호원상이 처음으로 공격을 펼쳤다.

예고도 없이 불쑥 튀어나온 호원상의 오른손.

피하려고 했지만 말 그대로 불쑥 튀어나온 호원상의 오른손을 피하는 것은 불가능했다.

그리고 그 일장이 가슴에 닿는 순간, 사무진의 머릿속이 아득하게 변했다.

쿵.

흑운장에 실린 위력을 감당하지 못하고 신형이 떠올랐다.

그리고 허공에 뜬 상태로 사무진은 한계를 절감했다.

여기까지였다.

호원상이 말하는 육감은 무서웠다.

아무리 공격해도 이미 동선을 모두 파악하고 막아내는데 대체 무슨 수로 상대를 이길 수 있을까.

명백한 실력 차였다.

그리고 더 이상 할 수 있는 것이 없다는 생각이 들어서 포기하고 눈을 감아버리려 할 때였다.

"왜 실력을 감추느냐?"

혈영마존이 터뜨리는 일갈이 귓가로 파고들었다.

평소의 장난기 어린 표정을 지우고 진지한 얼굴로 소리치는 혈영마존을 보며 의아한 생각이 들었다.

뭘 감추었다는 걸까.

아까도 생각했지만 틀림없이 자신이 가진 것은 모두 쏟아부은 후였다.

남아 있는 것이 없었다.

"네 속에 감추고 있는 마기는 죽고 난 후에 드러낼 생각이냐?"

'마기?'

다시 이어진 외침을 듣고서 사무진이 눈을 가늘게 떴다.

'마교의 교주가 되기에 넌 너무 착하다' 고 말하던 혈영마존의 이야기가 불현듯 머릿속을 스치고 지나갔다.

그래서 숨겨진 마기가 드러나지 않는다는 말도 함께 떠올랐고.

'그런데?'

하지만 지금 혈영마존의 이야기가 이해가 가지 않는 것은 여전했다.

그래서 사무진이 다시 눈을 감아버리려 할 때였다.

파바박.

쓰러진 사무진의 발치에 뭔가가 틀어박혔다.

검, 도, 겸.

시리도록 예리한 청광을 내뿜는 검.

칙칙한 묵광을 뿜내는 도.

그리고 핏빛 혈겸.

딸랑. 딸랑.

심령을 뒤흔드는 소리가 아니라 어딘가 처량하게 느껴지

는 방울 소리를 흘리고 있는 혈겸을 보며 알았다.

이건 마도삼기의 독문병기들이라는 것을.

파바바박.

뒤이어 땅에 박히는 네 자루의 검.

평범한 청강검들.

하지만 그 병기들이 눈에 익었다.

그리고 이내 깨달았다.

매난국죽의 독문병기들이라는 것을.

그 병기들을 바라보다 눈을 감았다.

혈영마존이 하고 싶은 이야기가 뭔지 알 것 같았다.

"쌍룡전설. 같이할까?"

눈앞에 틀어박혀 있는 마도삼기와 매난국죽의 병기들을 사무진이 물끄러미 바라볼 때, 육소균이 곁으로 다가왔다.

그리고 걱정스런 표정을 지은 채 꺼내는 이야기를 듣고서 사무진이 고개를 저으며 신형을 일으켰다.

"고맙지만… 됐어요."

"왜?"

"이 대 일로 싸우는 것은 좀 치사하잖아요. 죽으면 죽었지, 마교의 교주가 그렇게 치사한 짓을 할 수는 없어요. 그리고……."

"……?"

"깜박했어요, 내가 했었던 약속들을."

히죽 웃으며 한마디를 던진 사무진이 허공으로 손을 뻗었다.

바닥에 떨어져 있던 자운묵창이 기다렸다는 듯이 사무진의 손안으로 빨려들어 왔다.

第九章
배신

荷葉乳蒸煎棗湯細腸盂福佑茅子王
至大改元四月佛浴通貢廣爲僧祠也
日弟子趙孟順敬書長成甫甫

老君演此真妙經克

잊고 있었다.

호원상의 기세에 눌려서, 그 기세가 너무 무서워서 마도삼기와 매난국죽의 주검 앞에서 약속했던 것을 깜박했다.

그리고 그것을 다시 떠올리게 해준 것은 혈영마존이었다.

"더럽게 아프네."

조금 전, 흑운장에 얻어맞은 가슴 부근이 시큰거렸다.

"흑운장에 제대로 얻어맞고도 일어선 것만 해도 대단하네."

신형을 일으킨 것을 확인한 호원상이 감탄을 토해냈지만

전혀 고맙지 않았다.

평소라면 히죽 웃고 말았을 텐데.

대신 입매를 잔뜩 일그러뜨렸다.

"약속했어요."

"……?"

"당신을 죽이기로, 꼭 죽이기로."

싸늘한 주검으로 변해 있던 마도삼기와 매난국죽이 떠올랐다.

그리고 죽는 순간까지도 웃고 있던 그들의 얼굴이 떠오르자 어찌 이리 중요한 약속을 잊었을까 하는 자책과 함께 진심으로 화가 났다.

오래간만에 치솟는 살심.

아니, 한동안 잊고 있었던 살심이 불길처럼 활활 타올랐다.

애써 그 살심을 가두려 하지 않고 내버려 두었다.

두근두근.

가슴이 주체할 수 없는 열기로 뜨거워졌다.

심장이 미친 듯 뛰기 시작했다.

혈도를 타고 흐르는 피의 흐름이 급격하게 빨라지며 눈앞이 아찔해졌다.

폭발하는 마기.

예전에 혈영마존을 꼭 죽여야겠다는 마음을 품었을 때와

비슷한 경험이었다.

하지만 사무진은 만족하지 않았다.

혈영마존은 부족하다고 했다.

아직 가슴속에 숨어서 모습을 드러낸 적이 없는 단 한 점의 마기까지 모두 끌어올리라고 말했다.

"더 이상은 무의미하네. 지금 실력으로는 무리라는 것을 이미 경험했을 텐데."

"아까까지는 무리였죠. 하지만 이제는 달라요."

부르르.

오른손에 들린 자운묵창이 떨리기 시작했다.

사무진이 내뿜고 있는 마기에 동화된 듯 조금 전까지 다소 곳하던 적룡도 본래의 포악함을 마음껏 드러냈다.

쿠어어어어.

그 어느 때보다 거센 포효성을 뿜어내는 적룡이 날카로운 이빨을 드러냈다.

그리고 어서 호원상을 물어뜯고 싶다고 용린을 곤추세우고 있었지만, 사무진은 고개를 흔들었다.

아직이었다.

왜 그러느냐는 듯이 적룡이 고개를 갸웃거리며 이빨을 드러냈지만, 사무진은 재촉하는 적룡을 외면했다.

미친 듯이 뛰던 심장이 뜨거워지고 있었다.

한 점의 불씨로부터 시작된 열기가 심장을 태우고 있었다.

그리고 이대로 심장이 한 줌 재가 되어버리지 않을까 하는 걱정이 들 정도가 되었을 때, 사무진이 번쩍 눈을 떴다.

확신이 들었다.

끌어낼 수 있는 마기는 모조리 끌어냈음을.

마기가 폭발했다.

그리고 그제야 뭔가 심상치 않음을 느낀 듯 표정이 굳어진 호원상이 혈유무극단공을 끌어올렸다.

사각. 사각. 사각.

귓가로 파고드는 이명이 마음에 들지 않았다.

그리고 서서히 조여오는 대기의 거센 압력이 느껴졌다.

히죽.

그 순간, 사무진이 웃었다.

이 긴박한 상황에 전혀 어울리지 않는 웃음을 흘리자마자 적룡도 교감한 듯 비틀린 웃음을 토해냈다.

하지만 고작 교감으로는 완전하지 않았다.

폭발하는 마기가 속삭이고 있었다.

용이 되라고.

진정한 적룡의 주인이 되어서 모든 것을 파괴해 버리라고.

"그러지!"

거부할 수 없는 달콤한 속삭임.

사무진은 그 제안을 받아들였다.

용인합일(龍人合一).

쿠어어어어.

적룡이 다시 포효하며 어서 시작하자고 재촉했다.

그리고 사무진도 더 이상 망설이지 않았다.

적룡의 뜻이 나의 뜻.

나의 의지가 곧 적룡의 의지.

대기의 칼날이 몰아쳤다.

하지만 아까와는 달랐다.

허공을 향해 잔뜩 곧추세우고 있는 적룡의 용린은 감히 대기의 칼날이 파고들 틈을 주지 않는다.

대기의 칼날이라 하나 결국은 바람.

한줄기 미풍 따위가 단단한 용린을 뚫고 상처를 남기는 것이 가능할 리 없다.

당혹스런 표정을 짓고 있는 호원상의 모습이 보였지만, 사무진은 그러지 말라며 고개를 흔들었다.

아직 놀라기에는 한참 일렀다.

비로소 온전히 드러난 적룡의 힘.

빡빡하게 조여오는 대기의 압력이 한층 거세졌다.

호원상은 자신이 지배하고 있는 공간을 벗어날 수 없다는 의지를 드러냈지만, 그게 가능할 리 없다.

적룡이 갈 수 없는 곳은 없다.

앞을 가로막는 것이 있다면 그게 무엇이라 하더라도 부수고 뚫고 지나가는 것이 적룡의 의지.

또한 사무진의 의지이기도 했다.

적룡이 내뿜는 화염이 호원상이 만들어놓은 공간의 벽에 부딪쳤다.

그 화염에 담긴 열기를 감당하지 못하고 금세 녹아버릴 것 같던 공간의 벽은 예상보다 단단했다.

포악한 이빨로 공간의 벽을 뜯어 발겼다.

날카로운 발톱으로 공간의 벽을 할퀴고 또 할퀴었다.

그래도 흠집조차 나지 않자 육중한 체구로 부딪쳤다.

정확히 열 번째 부딪쳤을 때, 도저히 뚫리지 않을 것처럼 단단하던 공간의 벽에 마침내 균열이 생겼다.

그리고 자그마한 균열이 생기자 단단하던 공간의 벽은 순식간에 와르르 허물어졌다.

쿨럭.

밀랍인형처럼 창백하게 변한 호원상의 얼굴이 보였다.

그런 그의 입가를 타고 흐르고 있는 검붉은 선혈.

"강하군!"

호원상이 감탄을 터뜨렸다.

전 강호를 통틀어도 세 손가락 안에 꼽히는 무인에게 칭찬을 들었으니 마땅히 기뻐해야 했지만 그럴 여유조차도 없었다.

망설일 시간이 없었다.

진기가 빠르게 흩어지고 있었다.

그럴듯해 보였지만 완전한 용인합일이 아니었다.

사무진은 그저 흉내를 낸 것에 불과했다.

그리고 인간의 몸으로 감히 용의 흉내를 냈으니 어찌 부작용이 없을까.

마지막 힘을 쥐어짰다.

"가라!"

호원상도 지지 않고 검게 물든 오른손을 앞으로 내밀었다.

사력을 다해 진기를 쥐어짜 낸 마지막 공격인 듯 흑색 진기가 넘실거리고 있는 흑운장을 피하는 대신 포악한 이빨을 들이밀었다.

"어린 용의 강함은 나의 예상을 훌쩍 넘어섰군."

"……."

"이제 나의 시대는 끝났군."

가슴 깊숙이 틀어박힌 자운묵창을 복잡한 감정을 담은 시선으로 내려다보며 호원상이 입을 뗐다.

그리고 사무진이 못마땅하단 표정을 지었다.

"주절주절. 아까부터 생각했던 건데, 말이 너무 많아요."

"……?"

"늙어서 그래요."

"그런가?"

"아쉬워서, 후회가 많이 남아서 말이 많아지는 거예요."

"틀린 말은… 아닌 것 같군."

"아쉽겠지만 인정해요. 이번 도박의 승자는 사도맹이 아니에요."

"그렇군. 이제… 마교의 시대가 되겠군."

서서히 생기가 사라져 가는 두 눈을 빛내며 호원상이 말했지만 사무진은 틀렸다는 듯 고개를 흔들었다.

"무림맹의 시대가 되겠죠."

"왜… 지?"

"마도천하 따위에는 관심없거든요."

사무진이 히죽 웃었다.

하지만 호원상은 마지막까지 사무진이 꺼낸 말을 이해할 수 없다는 표정을 지은 채 숨을 거두었다.

그리고 마침내 숨을 거둔 호원상의 가슴에서 자운묵창을 뽑아내며 사무진은 한숨을 내쉬며 한마디를 덧붙였다.

"게다가 이젠 창을 들 힘도 없어요."

사도맹주 호원상이 죽었다.

군데군데서 치열하게 벌어지던 싸움이 일제히 무림맹 쪽으로 무게추가 기울어진 것은 당연한 수순이었다.

하지만 그 호원상을 죽이는 데 성공했지만 사무진의 표정은 밝지 않았다.

용연창법 최후의 초식인 용인합일.

그러나 사무진에게는 아직 용연창법의 최후 초식을 완벽하게 사용할 만한 능력이 없었다.

사무진이 펼친 용인합일은 어디까지나 흉내에 불과했다.

물론 고작 흉내를 낸 것만으로도 엄청난 위력을 발휘해 호원상을 죽이는 데는 성공했지만, 감히 인간의 몸으로 용의 힘을 빌려 쓴 대가는 혹독했다.

진기가 바닥났다.

게다가 내상도 심각했다.

모르긴 몰라도 족히 서너 달은 요양해야 할 정도로.

그런데 아직 끝난 것이 아니었다.

사도맹주는 죽였지만 무림맹주가 남아 있었다.

"봤죠?"

"봤네. 아주 잘 봤어."

"내가 사도맹주를 죽였어요."

"알고 있네."

"무섭지 않아요?"

"대단하군. 솔직히 말해 등골이 서늘해질 정도였네."

"그래도 할 거예요?"

사무진이 자운묵창을 슬쩍 들어 올렸다.

위협하기 위해서 펼친 동작이었지만 유정생은 예상대로 별로 겁을 집어먹은 기색이 아니었다.

그리고 쉽게 대답하지 않는 유정생을 대신해서 슬그머니 다가온 희대의 살인마들이 입을 뗐다.

"드디어 마도천하를 만들 기회가 찾아왔다."

비장한 목소리로 입을 떼는 뇌마 노인을 바라보던 사무진이 슬쩍 눈살을 찌푸렸다.

"뭔 소리예요?"

"사도맹주가 네 손에 죽었다. 이제 여기서 무림맹주를 비롯한 정파의 무인들만 없앤다면 마도천하는 더 이상 꿈이 아니다."

뇌마 노인이 열변을 토해냈다.

그리고 어느 정도 설득력도 있었다.

하지만 뇌마 노인은 너무 흥분한 나머지 가장 중요한 것들을 놓치고 있었다.

"다 좋아요. 그런데……."

"……."

"누가 해요?"

"그야 네 역할이지."

사무진의 질문을 들은 뇌마 노인이 당연하다는 듯이 대답했다.

그러나 사무진은 절레절레 고개를 흔들었다.

"별로 하고 싶지 않네요."

"무슨 소리냐?"

"말 그대로예요. 마도천하는 내가 바라는 게 아니에요."

내상을 입어서 창백하던 뇌마 노인의 얼굴이 붉게 상기되었다.

그리고 도무지 이해할 수 없다는 표정을 지은 채 다시 소리치려 했지만 사무진이 입을 떼는 것이 한 박자 더 빨랐다.

"게다가 그럴 능력도 없어요."

사무진이 말을 마치자마자 유정생의 입가로 메마른 미소가 스치고 지나갔다.

"사도맹주를 죽인 것만으로도 충분히 대단했네."

"이걸 기다리고 있었죠?"

"솔직히 말하면 예상하지 못했네. 자네가 사도맹주의 손에 죽을 거라 생각했거든."

"하마터면 죽을 뻔했죠."

"어쨌든 나로서는 바라던 최선의 결과가 나왔네. 가장 큰 위협이 되었던 사도맹주는 자네 손에 죽었고, 자네도 큰 내상을 입었으니까."

유정생이 겁을 집어먹지 않은 데는 이유가 있었다. 희대의 살인마들과 달리 그는 놓치지 않았다.

사무진이 내상을 입었다는 사실을.

그의 말이 옳았다.

지금 상황은 유정생이 바랐을 최선의 상황이었다.

그리고 지금 이 순간은 희대의 살인마들이 그토록 좋아하고 열광하는 마도천하에 대해서 논할 때가 아니었다.

오히려 마교의 존망에 대해서 걱정해야 할 때였다.

"진짜 왜 이래요?"

"몰라서 묻는가? 마교는 위험한 곳이네."

"알잖아요. 내가 교주로 있는 이상 마도천하 따위에는 관심도 없다는걸."

"인간이란 망각의 동물이네. 자네의 결심이 언제 바뀔지 모르지. 더구나 저들이 있는 이상 마교가 변할 가능성은 충분하지."

유정생이 희대의 살인마들을 눈짓으로 가리켰다.

그리고 한마디를 덧붙였다.

"화근이 될 만한 것은 뿌리째 뽑아버리는 게 가장 좋은 방법이지."

유정생의 꽉 다문 입매를 확인하고 나자 사무진은 무슨 말을 하더라도 그의 마음이 변하지 않을 것임을 직감했다.

"기회주의자!"

"찾아온 기회를 놓치는 것은 바보나 하는 짓이지."

"우리 사이가 이런 사이는 아니잖아요?"

"나도 궁금하군. 자네가 말하는 우리 사이가 대체 어떤 사이인가?"

"그게……."

마땅히 대답할 말이 없었다.

그래서 사무진이 머뭇거리자 유정생이 먼저 입을 뗐다.

"마교의 교주와 무림맹의 맹주 사이지."

"틀린 말은 아닌데……."

"가까워질 수 없는 사이지."

물론 지금 유정생의 말은 틀리지 않았다.

그렇지만 유정생과는 그동안 이런저런 일로 얽혔고, 여러 가지 일을 함께 겪으며 적지 않은 친분을 쌓은 사이였다.

"그리고 단체를 이끌어가는 사람일수록 작은 정에 이끌려서는 안 되는 법이지."

그래서 그간의 친분에 기대서 어떻게 설득해 보려 했지만 이번에도 유정생이 먼저 선수를 쳤다.

"그러니까 마교와는 한 하늘 아래에서 공존할 수 없다는 뜻이죠?"

"그러하네."

단호한 유정생의 대답을 들으며 사무진이 고개를 돌렸다.

유정생은 당장에라도 자신을 죽이고 마교를 강호에서 지워 버리고 싶어했지만, 사무진도 아직 믿는 구석이 있었다.

고개를 돌린 사무진이 찾은 것은 아미성녀였다.

아미성녀에게는 아까 유정생의 가장 치명적인 약점을 찾아달라고 부탁했었고, 그녀라면 분명히 찾아낼 거라는 믿음이 있었다.

그리고 아미성녀는 사무진의 기대를 저버리지 않았다.

어딘가로 사라졌던 아미성녀가 유가연과 함께 모습을 드러냈다.

"약점을 찾았어요?"

"그래, 이 아이가 바로 무림맹주의 약점이다."

"꼬맹이가요? 그러니까 다른 말로 표현하면 인질인가요?"

"그런 셈이지."

고개를 끄덕이는 아미성녀를 보며 사무진이 눈살을 찌푸렸다.

물론 지금이 마교의 존망이 걸린 중대한 상황이라고는 하나, 유가연을 인질로 잡는 것은 영 마음에 들지 않았다.

그래서 그만두라고 말했지만, 아미성녀는 고집을 꺾지 않았다.

"지금 내게 가장 중요한 것은 바로 너다. 그리고 너를 살리기 위해서라면 난 이보다 더한 일이라도 할 수 있다."

공개적으로 자신의 마음을 드러낸 아미성녀는 더 이상 사무진과 대화하지 않고 유정생을 바라보았다.

"욕심이 과하시네."

"선배님이야말로 지나친 처사이십니다."

"저 아이를 위해서라면 마두도 될 각오가 되어 있네."

"진심이십니까?"

"물론이네. 괜히 내 말을 의심하려 들지 말게."

아미성녀의 손끝은 유가연의 등에 닿아 있었다.

그것을 유정생이 눈치채지 못할 리가 없었다.

아미성녀가 마음만 먹는다면 딸아이의 목숨은 사라진다는 사실을.

"난 자네가 현명한 사람이라 생각했는데 그 생각이 틀린 듯하군. 자네는 어리석은 사람이야."

"비슷한 상황에 처한다면 어느 누구나 같은 결정을 내렸을 겁니다."

"그럴까? 무림맹주라는 자가 타산지석이란 말의 의미도 모르는가?"

"……?"

"외당 당주의 전철을 밟을 생각이신가?"

유정생의 두 눈이 처음으로 흔들렸다.

아미성녀는 경고하고 있었다.

과욕을 부리다가 정작 소중한 것을 잃을 수도 있다고.

쉽게 대답하지 못하고 망설이던 유정생이 유가연을 바라
보았다.

자신의 앞에 닥친 위험에 대해 전혀 모르는 듯 천진난만한
웃음을 짓고 있는 유가연을 응시하던 유정생이 어렵게 입을
뗐다.

"나는 무림맹주다."

"알아."

"그리고 네 아비이기도 하다."

"벌써 이십 년째 아빠 딸이거든. 당연한 말을 왜 하는 거
야? 그리고 갑자기 왜 어울리지 않게 목소리를 깔고 그래?"

"꼭 하고 싶은 말이 있다."

"뭐야? 또 무슨 사고 쳤어? 대체 뭐 얼마나 대단한 사고
를 쳤기에 이렇게 무게를 잡고그래? 바람이라도 피운 거
야?"

눈을 가늘게 뜨고 추궁하고 있는 유가연을 보며 유정생이

쓴웃음을 지었다.

마음 같아서는 저 장난에 동참해 주고 싶지만 지금은 그럴 때가 아니었다.

"강호에 해악이 되는 사마의 무리들을 뿌리 뽑을 수 있는 좋은 기회가 찾아왔어. 그리고 이 아비는 그 기회를 놓치고 싶지 않아. 하지만 그러기 위해서는 적잖은 희생이 따를 것 같아. 어떻게 해야 할까?"

진지한 표정으로 유정생이 던진 질문이 어려운 듯 유가연이 고개를 갸웃했다.

"강호에 해악이 되는 사마의 무리를 뿌리 뽑으면 뭐가 좋은데?"

"나는 강호 역사에 길이 남을 영웅이 되겠지."

"대신 어떤 희생을 치러야 되는데?"

"내게 소중한 것을 잃을 수도 있지. 예를 들면… 널 지켜주지 못할 수도 있다."

"그렇… 구나."

알아들은 걸까.

유가연이 충격을 받은 표정으로 입을 뗐다.

그리고 가뜩이나 커다란 눈을 동그랗게 뜨고 희미하게 고개를 끄덕이고 있던 유가연이 한참 만에야 자그마한 입술을 열었다.

"아빠, 무서운 사람이었네."

"힘 좀 비축해 뒀죠?"

사무진의 명령으로 지금껏 싸움에 전혀 끼어들지 않았던 육소균과 장하일이 동시에 고개를 끄덕였다.

"뭘 할까? 무림맹주 죽일까?"

살기로 가득한 두 눈을 희번덕거리며 다가온 장하일이 꺼 낸 말을 듣고 사무진이 고개를 흔들었다.

"그건 아니지만… 아주 중요한 일을 해야 해요."

"뭐냐?"

"육마존을 제압하는 거죠."

사무진의 말이 쉽게 이해가 가지 않는 듯 잠시 말이 없던 장하일이 다시 질문을 던졌다.

"왜?"

"미안한 말이긴 하지만… 육마존과 나는 함께 갈 수 없어 요."

"그렇지만 지금은 힘을 합쳐서 싸워야 하지 않을까?"

"그런다고 이길 수 있을 것 같아요?"

"그야… 어렵지. 그럼?"

"육마존에게 배웠던 것을 써먹을 때가 왔어요."

"……?"

"협상이죠."

사무진이 히죽 웃으며 혈영마존에게 시선을 던졌다.

혈영마존은 여전히 무심한 눈빛으로 사태를 관망하고 있었다.

그리고 지금의 사태가 어떻게 흘러가든 관여하지 않겠다는 의지를 눈빛으로 드러내고 있었다.

하지만 혈영마존은 직접 나서지 않더라도 그 명성만으로도 충분히 무림맹주를 압박할 수 있는 인물.

사무진은 이 위기를 타개하기 위해서 혈영마존을 이용할 생각이었다.

"다른 방법이 없다."

그때, 희대의 살인마들이 다가왔다.

그사이 운기조식을 통해서 내상을 다스린 듯 어느 정도 혈색이 돌아온 뇌마 노인은 강경한 어조로 입을 뗐다.

"무림맹 놈들을 상대로 정면 대결을 하는 수밖에는."

"자신은 있어요?"

"마교의 숨겨진 저력을 과소평가하지 마라."

두 눈에서 불을 뿜을 듯한 기세로 뇌마 노인이 꺼낸 이야기.

예전에는 저 말을 믿었으리라.

그때는 사무진이 아무것도 모르던 시절이었으니까.

하지만 이제는 아니었다.

희대의 살인마들의 이야기에 속아 넘어가기에는 사무진이 너무 영악해지고 강호에 대해서 아는 것이 많아졌다.

마교의 교주인 사무진이 확실히 말할 수 있었다.

마교에 숨겨진 저력 따위는 없다는 것을.

"그쯤 해요."

"무슨 소리냐?"

"다른 사람도 아니고 왜 나한테까지 사기를 치려고 그래요?"

뇌마 노인이 입을 다물었다.

그리고 멋쩍은 표정을 짓고 있는 희대의 살인마들과 일일이 눈을 마주친 후 사무진이 다시 말했다.

"미안해요."

"……?"

"그래도 마교를 위한 희생이니까 너무 억울하거나 서러워하지는 말아요."

"대체 무슨 말이냐?"

"그런 게… 있어요."

희대의 살인마들의 시선을 차마 마주하지 못하고 고개를 숙여 버린 사무진이 애꿎은 땅만 노려보았다.

이번 기회에 사마의 무리들을 뿌리 뽑아 강호 역사에 영원히 이름을 남기느냐?

하나밖에 없는 딸아이를 살리느냐?

유정생은 장고에 빠졌다.

쉽게 결정을 내릴 수 없는 문제였다.

그리고 어떤 선택을 하든 간에 시간이 흐르면 큰 후회가 남을 것이 자명했기에 결정을 내리는 것이 더욱 어려웠다.

그때였다.

귓가로 전음이 들려온 것은.

[적당히 해요.]

[무슨 소리냐?]

사무진이 보낸 전음이란 것을 깨달은 유정생이 전음으로 대답했다.

[육마존을 넘기죠.]

[육마존을 넘긴다?]

[지금 마교의 인물들 중에 마도천하에 관심이 있는 것은 육마존뿐이거든요.]

[무슨 뜻인지는 대충 알겠는데… 좀 치사하지 않은가?]

[원래 그렇게 사이가 좋지도 않았어요. 더구나 마교 내부의 사정도 있고 겸사겸사 해서 넘기는 거죠. 이 정도로 만족하는 게 어때요?]

유정생이 다시 생각에 잠겼다.

생각해 볼 가치가 있는 제안이었다. 비록 마교의 교주가 사무진이라고는 하나, 아직도 중인들이 마교를 떠올릴 때 가장 먼저 떠올리는 것은 육마존일 정도로 그들은 마교의 핵심이었다.

그만한 자들을 사무진이 넘긴다면 명분은 얻는 셈이었다.

하지만 그 제안을 선뜻 받아들이기 힘든 이유는 어딘가 깔끔한 느낌이 들지 않기 때문이었다.

마음만 먹으면 마교 전부를 지워 버릴 수 있는 힘이 있는 유정생이었기에 어딘가 손해 본다는 느낌이 들었다.

[마교를 통째로 지울 수도 있는데 내가 왜 거기에 만족해야 하는가?]

그래서 솔직하게 속내를 드러내자 사무진이 미간을 찌푸렸다.

[이런 얘기까지는 안 하려고 했는데……]

[……?]

[혈영마존 알아요?]

뜬금없이 등장한 별호였지만 모를 리가 없었다.

비록 지금은 우화등선했다는 소문이 돌았지만 한때는 천하제일인이라는 명성을 얻었던 것이 혈영마존이었다.

[물론 알고 있네만 갑자기 왜 그 이야기를 꺼내는가?]

[지금 마교의 태상장로 직을 맡고 있어요.]

[웃기지 말게. 그분은 지금…….]

[내 뒤에 있죠. 반로환동해서 알아보기 쉽지는 않겠지만.]

유정생이 눈을 가늘게 떴다.

그리고 우선 사무진을 살폈지만 거짓말을 하는 것이라 보기에는 너무 당당했다.

"흐음!"

그래서 뒤쪽으로 고개를 돌린 유정생이 답답한 신음성을 흘렸다.

뒷짐을 진 채로 이리저리 둘러보고 있는 약관의 청년.

지금까지 저 청년이 이 자리에 있다는 사실조차 깨닫지 못했던 이유를 유정생은 이내 알아챘다.

존재감이 느껴지지 않아서였다.

마치 이 공간과는 어울리지 않는 듯한 느낌.

그러나 신경을 기울여 살피고서야 비로소 깨달았다.

사무진의 말이 진짜라는 것을.

그리고 그때였다.

혈영마존과 시선이 부딪친 것은.

씨익.

순간 가슴이 철렁하고 내려앉았다.

혈영마존은 입꼬리를 말아 올려 웃은 것이 전부였지만, 그

웃음에는 어떤 의미가 담겨 있는 것 같았다.

 ─적당히 하지 않으면 가만있지 않겠다.

 마치 그렇게 말하는 듯한 웃음을 마주하고서 유정생의 머릿속이 복잡해졌다.

 혈영마존에게는 그만한 능력이 있었다.

 만약 그가 진짜로 움직인다면 재앙에 가까운 사태가 벌어질지도 몰랐다.

 [어떻게, 생각이 좀 바뀌었어요?]

 [자네를 믿어도 될까?]

 [아마도요.]

 [아마?]

 [사람은 변하는 거라면서요.]

 [그렇긴 하지.]

 [도저히 못 믿겠으면 계속 지켜보면서 감시하세요. 그것도 재밌을 것 같지 않아요?]

 유정생의 입가로 미소가 스치고 지나갔다.

 [항상 긴장하게.]

 [가능하면 사이좋게 지내봐요.]

 사무진과 유정생이 동시에 웃음을 터뜨렸다.

잠시 후 유정생이 내력을 실어 소리쳤다.

"사도맹주 호원상과 손을 잡고 음모를 꾸민 육마존을 넘기게. 만약 거절한다면 마교 역시 그 책임에서 자유롭지 못할 것이네."

그리고 사무진도 기다렸다는 듯이 대답했다.

"거절할 수가 없네요."

"……?"

"어떻게 재건한 마교인데 이렇게 망할 수는 없잖아요."

희대의 살인마들의 속눈썹이 파르르 떨렸다.

그리고 뇌마 노인이 분을 참지 못하고 소리쳤다.

"네놈이 꾸민 일이냐?"

"눈치는 빠르네요."

"왜, 대체 왜 이런 짓을?"

속눈썹으로 모자랐는지 전신을 부들부들 떨면서 소리치는 뇌마 노인을 향해 사무진이 미안한 표정을 지은 채 대꾸했다.

"십 년만 참아요."

"십 년?"

"그전에 어떻게든 구해줄게요. 그때까지 살아 있기만 한다면……."

"이놈!"

뇌마 노인이 살기를 뿜어내며 노호성을 터뜨렸지만 사무

진은 눈도 꿈쩍하지 않았다.

희대의 살인마들이 뿜어내고 있는 살기에 겁을 집어먹기에는 사무진이 어느새 너무 커버렸다.

"알고 있었잖아요?"

"뭘 말이냐?"

"함께 갈 수 없다는 사실요."

"그것은……."

"내가 좀 더 빨리 움직였을 뿐이에요."

뭔가 할 말이 있는 듯 입술을 달싹이던 뇌마 노인이 결국 입을 다물었다.

그리고 그 모습을 확인한 사무진이 한마디를 덧붙였다.

"인생이라는 것. 어차피 서로 속고 속이는 거잖아요. 그러니까 너무 화내거나 원망하지 말아요."

그 말을 끝으로 사무진이 신형을 돌렸다.

그러나 희대의 살인마들은 이 상황을 순순히 받아들이지 않았다.

"이럴 수는 없다."

사무진이 걸음을 멈추고 다시 신형을 돌렸다.

"뭐가요?"

"우리는 이 상황을 받아들일 수 없다."

"그래서 어떻게 할 생각인데요?"

"우리가 몸을 담았고 피땀 흘려 키워왔던 우리의 마교다."

"아니요."

뇌마 노인이 열변을 토해냈지만 사무진이 고개를 흔들었다.

"이젠 나의 마교죠."

사무진이 육소균과 장하일에게 눈짓했다.

그들이 희대의 살인마들을 향해 움직이는 것을 바라보던 사무진이 신형을 돌리며 한마디를 덧붙였다.

"그리고 나의 마교는 완전히 새로운 마교가 될 거예요."

荷蕊乳蒸煎裹陽細陽美嬌佑茅于支
至大政元四月佛浴道音廣為傳行以
日弟子趙孟順敬書長歷前年
老君演此真妙經重此

"두목, 드디어 옵니다!"

수하가 달려와서 소리치는 것을 듣고서 흑괴 추필방이 두 눈을 회번덕거리며 장비를 챙겼다.

이게 얼마 만의 먹잇감인지 기억도 제대로 나지 않았다.

"아까 마차를 끄는 말이 몇 마리라고?"

"여덟 마리입니다."

"여덟 마리. 좋다."

"그것도 잡털 하나 섞이지 않고 윤기가 자르르 흐르는 게 장난이 아닙니다. 직접 본 적은 한 번도 없지만 한혈마 같습니다."

"본 적도 없다면서 어떻게 알아?"

"원래 한혈마는 피처럼 붉은 땀을 흘린다고 하잖습니까? 마차가 지나고 난 곳에 피가 흐른 흔적이 남아 있었습니다."

"진짜 한혈마 맞네. 더 좋다."

추필방이 머리를 굴려 계산을 했다.

그냥 멀쩡하게 생긴 괜찮은 말 한 마리 값만 해도 은자 백 냥은 족히 나갔다.

그런데 일반 말이 아니라 한혈마라면 그 값이 천정부지로 치솟는 법이었다.

온전한 한혈마가 아니라, 한혈마의 씨가 눈곱만큼 섞이기만 해도 말 값은 적어도 몇 배는 뛰어오르는데, 진짜 한혈마라면 계산이 제대로 되지 않았다.

"이게 웬 떡이냐?"

심장이 벌렁벌렁거렸다.

하지만 이런 때일수록 침착해야 했다.

꼼꼼히 따지고 움직여도 늦지 않는 법이었다.

"전부 몇 놈이라고?"

"마차를 몰고 있는 마부까지 합쳐 여섯입니다."

"혹시 재수없게 고수가 타고 있는 것 아냐?"

"걱정 붙들어 매십시오. 이미 마차 안에 타고 있는 놈들의 면면도 확인했습니다. 다 죽어가는 늙은이 둘에 허리에 칼도 안 찬 젊은 놈들 셋이 다입니다."

"좋다. 진짜 좋다. 호위하는 놈들은?"

"이미 반나절을 감시했습니다. 절대 없습니다."

추필방이 신형을 일으켰다.

여기까지 확인했는데 더 망설일 것이 없었다.

그리고 더 망설였다가는 수하 놈들에게 새가슴이라고 손가락질을 받을지도 모른다고 생각한 추필방이 호기롭게 소리쳤다.

"좋다. 더할 나위 없이 좋다. 모두 나를 따르라!"

추필방이 커다란 대감도를 움켜쥔 채 산채 밖으로 달려나갔다.

추필방이 살짝 고개를 기울였다.

마차를 끌고 있는 말은 수하가 알려준 대로 여덟 마리가 맞았다.

하지만 과연 한혈마가 맞는지는 확실하지 않았다.

물론 추필방도 한혈마에 대한 소문만 들었을 뿐, 직접 본적은 없었다.

다만 한혈마는 피처럼 붉은 땀을 흘리고, 보통 중원의 말에 비해 체구가 훨씬 크고 늠름하다는 소문은 들었다.

"새끼가?"

"네?"

"그러니까 좀 작은 것 같지 않아?"

"좀 작으면 어떻습니까? 키워서 팔면 되죠."

영 마뜩잖은 표정을 짓고 있던 추필방이 힘차게 고개를 끄덕였다.

수하의 말이 옳았다.

한혈마 새끼라면 좀 키워서 제값을 받고 팔면 되는 것이었다.

"저놈은 뭐야?"

"마부입니다."

"그걸 누가 몰라서 물어? 허리에 칼 차고 있는데 고수 아냐?"

다음으로 추필방이 주목한 것은 마차를 몰고 있는 마부였다.

눈매가 날카로운 것도 아니고, 매서운 기세를 뿜어내고 있지도 않은 것으로 봐서 고수는 아닌 것 같았지만 칼을 차고 있다는 것이 불안했다.

그리고 만사불여튼튼이라는 것을 인생의 신조로 삼고 있는 추필방이 불안한 표정으로 던진 질문을 듣던 수하가 대답했다.

"걱정하실 필요 없습니다. 아까 보니 저 칼로 나무를 잘라 땔감을 구하던데요."

"그럼 걱정할 것 없군. 근데 저건 뭐야?"

"뭘 말씀하시는 겁니까?"

"저거 안 보여?"

뽀르르르.

추필방이 마차 뒤를 따르고 있는 자그마한 생물체를 가리켰다.

"쥐 같은데요."

"쥐가 뭐 저렇게 빨라? 그리고 금색 쥐도 있나?"

"있을 수도 있지 않을까요?"

"설마."

"저기 있잖습니까?"

추필방과 수하가 금색 쥐의 존재 여부에 대해 심각한 토론을 나누던 사이 신나게 달리던 마차가 갑자기 속도를 줄였다.

그리고 마차의 문이 열리고 빠져나온 손이 조금 전까지 화제의 중심에 올라 있던 금색 쥐를 낚아챘다.

"금색 쥐는 귀하겠지?

"그럼요."

"아마 비싸겠지?"

"아무래도 그렇지 않을까요?"

"좋아. 저 금색 쥐까지 우리 차지다. 애들 시켜서 마차 세
워."

추필방이 눈을 빛내며 명령을 내린 순간, 마차가 스스로 멈
추었다.

그 마차의 문이 열리고 가장 먼저 내린 것은 뼈마디만 앙상
하게 남은 노인이었다.

"우에엑!"

마차에서 뛰어나온 노인이 허리를 숙이고는 뱃속을 비워
내기 시작했다.

그리고 약관 정도 되어 보이는 젊은 여인도 뛰어나와 함께
토하기 시작하자 뒤이어 마차 밖으로 나온 청년이 한숨을 내
쉬고는 번갈아 가며 두 사람의 등을 토닥이기 시작했다.

그 광경을 확인한 추필방이 눈살을 찌푸렸다.

"사이좋은 조손이네."

"죽기 전에 마지막 유람을 떠나는 조손이 아닐까요?"

"아, 우리가 아무리 어려워도 저런 사람들까지 털어야 되
나?"

탄식을 토해내던 추필방이 비쩍 마른 수하들의 모습을 확
인하고서 약해지려는 마음을 애써 다잡았다.

"그래도 할 건 하자. 이 사정 저 사정 다 봐주다가는 우리
가 굶어죽는다."

추필방이 손에 들린 대감도를 빼 들었다.

그리고 기세도 등등하게 멈추어 선 마차 곁으로 달려갔다.

"당장 한혈마를 내놓아라!"

마흔 명이 넘는 수하를 이끌고 마차 주변을 포위한 후 추필방이 잔뜩 인상을 쓴 채로 소리를 질렀다.

그리고 겁에 질려서 벌벌 떨며 살려만 달라며 고개를 조아리는 모습을 예상했지만, 추필방의 예상은 보기 좋게 빗나갔다.

일단 사이좋은 조손일 거라는 생각이 틀렸다.

"그러니까 따라오지 말라 그랬잖아요. 늙은이에게 이런 장거리 여행은 무리라고 말리면 들어야 할 거 아니에요."

"하지만 제가 아니면 누가 교주님을 모시겠습니까?"

"모시기는 대체 누가 누굴 모신다는 거예요? 내가 심 노인을 모시고 있구만. 하여간 그놈의 똥고집은."

사이좋은 조손의 대화라기에는 어딘가 이상했다.

그리고 그뿐이 아니었다.

추필방의 수하들이 꼬박 반나절에 걸쳐서 수집한 정보들은 어느 것 하나 정확한 것이 없었다.

"혹시 한혈마가 뭔지 알아요?"

"자넨 한혈마도 모르나?"

"가르쳐 줘야 알지."

노인의 등을 두드리던 청년이 마부와 대화를 나누기 시작했다.

"한혈마는 피처럼 붉은 땀을 흘리는 명마를 말하네."

"그래요?"

"그런데 그건 왜 묻는 건가?"

"쟤들이 지금 당장 한혈마를 내놓으라고 소리쳤잖아요. 이거 조랑말이라고 그러지 않았어요?"

"조랑말이 맞네."

"그런데 쟤들은 왜 저래요?"

"확실하지는 않지만 짐작은 가네. 조금 전에 흑산채의 산적들을 만나지 않았는가?"

"아, 그 한심한 산적들."

"아마 그들이 흘린 피가 저 조랑말들에게 잔뜩 묻었겠지. 그 피가 흘러내린 것을 보고 한혈마라 오해한 듯하네."

청년과 마부가 나누는 대화를 콧김을 내뿜으며 듣고 있던 추필방이 더는 참지 못하고 소리를 지르려다 급히 입을 다물었다.

저들의 대화 중에 나온 흑산채는 녹림칠십이채 중 한 곳이었다.

추필방이 오합지졸들을 모아서 이끌고 있는 산채와는 감

히 비교할 수 없는 곳이 흑산채였다.

그런데 이들은 흑산채의 산적들을 한심한 산적들이라 표현한 것으로 모자라 죽였다고 말하고 있었다.

뭔가 잘못되었다는 생각에 추필방이 눈치를 살필 때, 마차 문이 다시 열리고 약관의 청년이 금색 쥐를 손에 들고서 내렸다.

"저 늙은이는 왜 따라온 거야? 피곤하게시리."

"그러게 말이에요."

"확 버리고 갈까?"

"그보다 홍 군사가 뭐래요?"

"별말없어."

"그래요?"

"이번에 새로 산 전서겸을 시험해 봤다는데. 그리고 마교 복건 분타의 개파식이 얼마 남지 않았다고 언제 돌아오냐고 묻는데."

"어지간히 할 일이 없는가 보네요. 근데 개는 왜 그렇게 축 늘어져 있어요?"

"귀여워서 쓰다듬었더니 죽어버렸어."

"아, 참. 살살 좀 다뤄요. 벌써 몇 마리째예요? 홍 군사가 또 난리 치겠네. 자꾸 그렇게 죽여 버리면 답장은 어떻게 보내요?"

눈썹이 붉은 청년이 소리쳤지만 축 늘어진 금색 쥐를 움켜 쥔 약관의 청년은 기죽은 기색도 없이 대답했다.

"쟤들 시킬까?"

"별로 믿음이 안 가는데요. 조랑말과 한혈마도 구분 못하던데."

"너도 한혈마가 뭔지 몰랐잖아."

약관의 청년이 손가락을 까닥이는 것을 확인한 추필방이 움찔할 때였다.

"이 버릇없는 어린 새끼가 어디 채주님께 손가락을 까닥거리느냐? 그 손가락을 당장에 분질러 주마!"

조랑말과 한혈마도 구분하지 못하는 못난 수하가 시키지도 않았는데 쓸데없이 충성심을 발휘했다.

그리고 그 못난 수하가 겁도 없이 칼을 들고 나서는 것을 보고 사색이 된 추필방은 질끈 눈을 감아버렸다.

"교주님, 전 아까 그놈이 아주 마음에 드는데요."

"뭐가요?"

"어떤 상황에서라도 할 말은 하는 용기가 쓸 만합니다."

"내가 보기엔 그냥 눈치가 없는 것 같은데요."

사무진은 심드렁하게 대꾸했지만 심 노인은 흡족한 표정을 감추지 않았다.

"우리 마교에 어울리는 뛰어난 인재인 것 같습니다. 제 직속 부대의 일원으로 넣고 싶습니다."

"우리 심 장로가 하는 일을 누가 말리겠어요? 맘대로 해요. 근데 너무 많이 모으는 거 아니에요?"

"아직 백 명도 모으지 못했습니다."

"영 수상해요. 직속 부대들을 키워서 날 밀어내고 교주 자리를 차지하려는가 본데 쉽진 않을 거예요."

심 노인은 요즘 들어 노골적으로 권력욕을 드러냈다.

이제는 이런 얘기를 들어도 변명도 꺼내지 않았다.

"그나저나 아직 멀었어요?"

"거의 다 왔다."

"그러니까 괜히 왜 그런 말을 꺼내가지고는 이 고생을 하게 해요?"

"그야 네놈과 다니면 재밌거든."

"난 하나도 재미없거든요."

"기억 안 나?"

"뭐요?"

"내가 네놈 부탁 들어줬던 것."

"그게 벌써 언젯적 일인데 아직 우려먹어요?"

"평생 우려먹을 생각이다. 내가 그때 간사한 무림맹주 놈을 향해 썩소를 날려주지 않았으면 마교는 지금쯤 망했다는 것을 잊지 마라."

"쳇!"

딱히 틀린 말은 아니었기에 사무진이 못마땅하단 표정을 지으며 고개를 돌리자 유가연이 다가왔다.

"아저씨."

"왜?"

"아저씨와 함께 여행하니까 너무 좋아."

"뭔가 착각하는가 본데, 잊지 마."

"······?"

"넌 인질이라는 사실."

"흥, 나도 다 알고 있거든. 아저씨가 날 평생 곁에 두려고 인질이라는 핑계로 끌고 다니는 거잖아."

"착각은 자유니까 말리지는 않으마."

"부끄러워하기는."

머리가 지끈거렸다.

그래서 사무진이 검지손가락으로 관자놀이를 꾹꾹 누를 때 유가연이 주변을 둘러본 후 다시 질문을 던졌다.

"근데 우리 어디 가?"

"넌 지금까지 우리가 어디 가는지도 모르고 따라왔냐?"

"알 게 뭐야. 아저씨와 함께라면 세상 끝까지라도 갈 수 있어."

인질답지 않게 몽롱한 표정으로 팔짱을 끼는 유가연을 보던 사무진이 결국 절레절레 고개를 흔들었다.

"무당파로 가고 있어."

"무당파? 거긴 왜?"

"자소단 하나 얻으러."

"자소단?"

"그래. 저분 때문에 필요해."

사무진이 턱짓으로 뒤에서 걸어오던 아미성녀를 가리켰다.

"아미성녀님, 어디 아파?"

"아니."

"그런데?"

"반로환동하는 데 필요하시단다."

"반로환동? 그걸 왜 하는데?"

"난들 알겠냐?"

진한 분냄새를 풍기며 다가온 아미성녀가 사무진의 팔짱을 끼며 입을 뗐다.

"너에게 예쁘게 보이려고."

"지금도 충분히 예쁘거든요."

"꼭 반로환동에 성공해서 평생 네 곁에 있으마."

심장을 벌렁거리게 만드는 뜨거운 고백을 하고 얼굴을 붉히는 아미성녀를 확인한 사무진은 다시 혈영마존에게 인상을 써 보였다.

이게 다 혈영마존이 바람을 불어넣어서 생긴 일이었다.

자소단만 있다면 반로환동할 수 있다는 이야기를 아미성녀에게 꺼낸 것이 화근이 되어서 여기까지 끌려오게 된 것이었다.

"큼. 큼!"

혈영마존이 노려보는 사무진의 시선을 외면하고 헛기침을 토해냈다.

그리고 그때, 선두에 서서 걸어가던 허민규가 멈춰 서서 사무진을 돌아보았다.

"다 왔네."

"여기예요?"

"여기가 무당파의 산문이네. 그런데 무당파에서 자소단을 순순히 내놓을까?"

"아마 그러지 않겠죠."

"그럼?"

"강제로라도 빼앗아와야죠."

"하지만 무당파는……."

"걱정 말아요. 아직 마교에 들어온 지 얼마 지나지 않아 잘 모르나 본데 우리 마교에는 마교만의 방식이 있어요."

"……?"

"걱정 붙들어 매고 구경이나 해요."

사무진이 히죽 웃었다.

그리고 함께 움직이는 일행의 얼굴을 일일이 마주하며 작전 계획을 설명했다.

"조금 있다가 무당파 장문인에게 한 번 웃어주는 거 잊지 마요. 무당파 장문인의 심장이 철렁 내려앉을 정도로 썩은 미소를 날려야 해요."

"알았다."

우선 혈영마존이 흔쾌히 대답했다.

"넌 인질답게 가련한 표정을 짓고 아무 말도 하지 마."

"걱정 마. 내가 또 한 청순가련하잖아."

유가연도 흔쾌히 대답했다.

"그리고 아미성녀님은 화장 잘 먹었네요. 얼굴이 하얀 것이 환자 같아요. 이따가 금방 죽을 사람처럼 기침 몇 번 해요. 무당파의 장문인이 자소단을 건네주고 싶은 마음이 절로 들 정도로."

"반로환동하면 이 은혜를 잊지 않고 평생을 널 위해 살겠다."

아미성녀까지 흔쾌히 대답하자 사무진이 흡족한 미소를 지었다.

그리고 마지막으로 심 노인의 옆구리를 쿡 찔렀다.

"자, 마지막으로 심 노인은 늘 하던 대로 마교의 기개를 보여줘요."

심 노인이 기다렸다는 듯이 앞으로 나섰다.

그리고 무당파의 산문을 향해 소리쳤다.

"마교의 교주님께서 누추한 곳까지 찾아왔으니 당장 장문인을 불러오지 못해? 자소단 들고 버선발로 뛰어오지 않으면 구두쇠 심두홍이 용서하지 않으리라!"

終章

荷蕷乳蒸煎棗陽細賜芝福佑弟子王

至大政元四月佛洽道音廣為傳衍

日弟子趙孟順敬書長壓前

老君演此真妙伍竟

共同
傳人
공동전인

"크아, 쓰다."

봉일춘이 한입에 화주를 털어 넣은 후 술잔을 거칠게 바닥에 내려놓았다.

이 빌어먹을 인생은 변하는 것이 없었다.

마시는 술은 여전히 가장 싼 맛에 마시는 쓰디쓴 화주였고, 뭐 하나 술술 풀리는 것이 없었다.

우연히 유가연을 만난 후, 어둡기 그지없던 인생에 드디어 서광이 비치는가 했지만 역시 착각일 뿐이었다.

총 일흔일곱 명이었다.

유가연은 약속을 지켰고, 그 덕분에 봉일춘은 유가연의 집에서 일하는 여자들을 만날 수 있었다.

그리고 그 여자들과 만나는 동안 잔뜩 기대에 부풀었다.

설마 일혼일곱 명이나 되는 여자들을 만나는데, 자신을 좋아하는 여자 하나 없을까 하는 자신감도 있었다.

하지만 그 자신감이 오만이었음을 깨닫는데는 오래 걸리지 않았다.

첫 번째 만났던 여자는 미처 주문했던 차가 나오기도 전에 도망치듯 떠나 버렸다.

억지로 웃고 있었지만 입꼬리가 파르르 떨리던 것을 봉일춘은 놓치지 않았고, 슬쩍 앞으로 얼굴을 들이밀자 겁에 질린 표정으로 뒤도 돌아보지 않고 도망쳤다.

실망스러웠지만 참았다.

아직 일혼여섯 명이나 남아 있었으니까.

그래도 두 번째로 만났던 여자는 나았다.

적어도 주문했던 차가 나올 때까지는 떠나지 않았으니까.

하지만 그녀도 이름을 알려달라고 부탁하자 노골적으로 싫은 기색을 드러냈다.

그리고 그건 서로의 미래를 위해 좋지 않을 것 같다는 말 같지도 않은 핑계만을 남기고 그냥 가버렸다.

역시 마음이 상했지만 참았다.

세 번째로 만났던 여자는 좀 더 나았다.

찻물이 식을 때까지 있었고, 화선이라는 이름도 알려주었으니까.

그러나 딱 거기까지였다.

이렇게 한 번 만나는 것으로는 아쉬우니 다시 만날 수 있느냐는 말을 꺼내자마자 화들짝 놀라며 도망치듯 떠났다.

향후 삼 년간은 하루도 빼놓지 않고 약속이 꽉 차 있어서 시간을 내기가 어렵다는 변명을 늘어놓고서.

게다가 나중에 안 사실이었지만 화선이라는 이름도 가짜였다.

뭐, 어쨌든 대부분 그런 식이었다.

얼굴에 환한 웃음을 매달고 즐겁게 이야기를 나누다가도 다시 만날 수 있느냐는 말만 꺼내면 약속이라도 한 듯이 정색하며 변명들을 늘어놓기 바빴다.

부모님이 사주를 봤는데 액운이 끼어서 향후 삼 년간은 집 밖으로 한 발자국도 떼어서는 안 된다.

키우는 고양이가 갑자기 병에 걸려서 완전히 나을 때까지는 곁에서 돌봐줘야 하니까 시간이 없다.

난 재수가 없어서 두 번 이상 만나면 남자가 죽는다. 도저히 당신을 죽게 할 수는 없다 등등.

이제는 너무 많아서 기억조차 제대로 나지 않는 갖가지 변명들.

그리고 오늘 마지막으로 일흔일곱 번째 여자를 만났다.

그녀는 이름이 묘화라고 했다.

묘화는 지금까지 만났던 다른 여자들과는 달랐다.

참하고 고운 얼굴에는 시종일관 웃음이 걸려 있었다.

거기다가 찻물이 식기만 하면 마치 임무를 완수했다는 듯 잠시도 머뭇거리지 않고 떠나 버리던 다른 여자들과 달리 차를 두 잔이나 마신 것으로 모자라 함께 식사를 하고 술자리까지 남아 있었다.

기분이 좋았다.

죽엽청을 주거니 받거니 하며 마실 때만 해도 짚신도 짝이 있다는 옛말이 틀린 말이 아니라며 감탄했다.

그래서 묘화라는 이 여자와 혼인해서 아이를 셋 정도 낳아 기르는 행복한 미래를 꿈꾸기까지 했었는데.

그 좋았던 분위기가 일순간에 바뀐 것은 살짝 취기가 돌 무렵, 다시 만나자는 이야기를 꺼냈을 때였다.

술잔을 들고 웃고 있던 묘화가 돌연 한숨을 내쉬었다.

그리고 갑자기 눈물까지 글썽이며 애원하듯 말했다.

"아가씨가 신신당부하신 바람에 어떻게든 참아보려고 했는데. 한 번은 어떻게 참겠는데 두 번은 도저히 못 참겠어요."

그 말만 남기고 묘화는 자리를 박차고 뛰쳐나가 버렸다.

멍하니 그 자리에 앉아 있다가 묘화가 남긴 말의 의미를 깨달은 것은 그로부터 한참이나 지나서였다.

그때부터 움직이지 않고 계속해서 화주를 들이켰지만, 이상하게 오늘따라 잘 취하지도 않았다.

"이대로는 안 돼."

문득 그런 생각이 들었다.

어쩌면 지금까지 만났던 여자들에게 문제가 있는 게 아니라 자신에게 문제가 있을지도 모르겠다는.

그리고 이것이 일흔일곱 명의 여자를 만나며 얻은 유일한 수확이었다.

그 자리에서 화주 다섯 병을 더 비운 후, 봉일춘이 마침내 자리에서 일어났다.

적당히 취기가 올라왔다.

비틀거리며 걸음을 옮기기 시작했다.

이렇게 살아서는 희망이 없다는 생각이 들었다.

뭔가 계기가 필요하다는 생각이 들었다.

비록 술에 취했지만 담을 넘는 것은 자신이 있었다.

어느새 이 장이나 되는 높은 벽을 타 넘은 봉일춘은 머리부터 바닥으로 떨어지며 정신을 잃었다.

속이 부대꼈다.

어제 이상할 정도로 술에 취하지 않아서 화주를 병째로 들이마신 것이 화근이리라.

깨질 것 같은 머리를 부여잡고 간신히 눈을 떴다.

여기가 어딜까.

가늘게 눈을 뜨고 살피던 봉일춘이 머리를 긁적였다.

익숙한 자신의 방이 아니었다.

그렇다고 해서 객방도 아니었다.

객방이라기에는 너무 초라했다.

처음 보는 낯선 곳이라는 사실을 깨닫고 봉일춘이 일단 다시 눈을 감았다.

그리고 대체 여기가 어딜까를 고민해 보았지만 깨질 것처럼 아픈 머리에는 떠오르는 것도 마땅히 없었다.

'그래. 담을 넘었지.'

한참 만에야 꽤나 높은 담을 넘었던 것이 마침내 떠올랐다.

그리고 그 담을 넘었던 계기는, 지금은 마교의 교주가 되어서 엄청 잘나가고 있는 사무진이 했던 말 때문이었다.

"인생 별거 없어. 담 한 번 넘었더니 우울하기 그지없던 내 인생이 갑자기 정반대로 바뀌더라고."

취기로 인해 반쯤은 제정신이 아니었지만 그 순간에도 그 이야기만은 기억에 또렷이 떠올랐었다.

그래서 충동적으로 담을 넘었고.

'그런데 어디를 넘었더라? 무림맹은 아니었던 것 같은데. 혹시 관아의 담을 넘었던 건 아니겠지?'

상황 파악이 대충 되니 갑자기 걱정이 되었다.

혹시 술김에 관아의 담을 넘은 것이 아닐까 하는.

쿡. 쿡.

그때였다.

뭔가가 옆구리를 찌른 것은.

끝이 뾰족한 뭔가가 옆구리를 찔러대는 통증을 참지 못하고, 살며시 눈을 뜨자 가장 먼저 철로 만든 꼬챙이가 보였다.

그리고 이어서 그 꼬챙이를 들고서 자신의 옆구리를 찌르고 있는 삐쩍 마른 노인이 눈에 들어왔다.

'이 영감은 뭐야?'

순간 짜증이 났다.

가뜩이나 속이 부대껴 죽겠는데 웬 노인이 쇠꼬챙이를 들고서 장난이라도 치는 양 쿡쿡 찌르니 기분이 좋을 리가 없었다.

게다가 생긴 것도 영 마땅찮았다.

원래 봉일춘은 사무진이 담을 넘었다가 만났다는 마교의 장로들처럼 기인을 만나기를 속으로 은근히 바랐건만 이 삐쩍 마르고 볼품없이 생긴 노인에게서는 기인은커녕, 기인 비슷한 분위기도 풍기지 않았다.

"왜 찔러요?"

"깨어난 것 다 알고 있다."

"생긴 거랑 다르게 눈치는 빠르네. 그런데 누구슈?"

"검마."

"검마?"

노인의 대답을 듣고서 봉일춘이 고개를 갸웃했다.

검마라니…….

어디서 많이 들어봤던 이름이었다.

그리고 한참 만에야 그게 이름이 아니라 별호라는 사실을 떠올렸다.

"어디서 들은 건 있는가 보네."

"……?"

"요즘 마교가 좀 잘나간다니까 개나 소나 다 검마래. 보아하니 제정신이 아닌 영감 같네."

코웃음을 친 봉일춘이 꼬챙이를 손으로 밀어낸 다음, 주위를 슬쩍 살폈다.

처음에는 자기를 검마라고 하는 살짝 맛이 간 삐쩍 마른 노인 혼자 있는 줄 알았는데 그건 오해였다.

꽤나 넓은 공간 안에는 다른 노인이 다섯이나 있었다.

"왜 이렇게 째려보는 거야?"

호기심과 기대가 반씩 섞인 시선으로 노인들이 바라보고 있었지만, 봉일춘으로서는 그저 기분이 나쁠 뿐이었다.

"사람 처음 보슈? 거 참, 박복하게도 생겼다. 이름이 뭐요?"

봉일춘이 가장 먼저 다가간 것은 코뼈가 주저앉은 노인의 앞이었다.

"색마."

"쯧쯧. 이 영감도 맛이 갔네."

혀를 차는 봉일춘을 향해 색마 노인이 참지 못하고 인상을 썼지만 이미 고개를 돌린 후였다.

그리고 봉일춘이 다음으로 다가간 것은 유령신마 노인이었다.

"거 참, 딱 봐도 안됐네. 평생 얼마나 외로웠을까? 나도 어느 정도 이해는 합니다. 힘들고 외로워도 꾹 눌러 참아요. 이름이?"

"유령신마."

"쯧쯧, 생긴 것만 안된 게 아니라 정신줄도 놓았네."

눈썹이 없어서 마주 보는 것만으로도 사람을 깜짝 놀라게 만들기에 충분한 흉측한 외모의 유령신마의 곁으로 다가간 봉일춘이 진심 어린 위로를 건넸다.

그 위로에 기분이 상해서일까.

유령신마가 미간을 찌푸리는 것을 확인한 봉일춘이 재빨리 도망쳤다.

그리고 이번에 만난 것은 독마였다.

"뭐 하슈?"

"손톱 손질."

"늙은이 감각하고는."

이번에는 귀찮아서 이름도 묻지 않았다.

멀쩡한 손톱이 검정색으로 변하는 것을 보면서 누런 이를 드러내고 웃는 것만 봐도 제정신이 아니었다.

"댁은 누구슈?"

"심마."

"참 존재감없게 생겼네."

아무리 찾아봐도 특이한 점이 없는 심마를 바라보다 피식 웃은 봉일춘이 한마디를 덧붙였다.

"그래도 이름은 잘 지었네요."

그리고 마지막으로 뇌마의 곁으로 다가갔다.

"이름이 뭐요?"

"뇌마."

"아, 진짜 식상해서 더는 못 들어주겠네. 여긴 치매 노인들만 모인 곳인가 보네. 운도 지지리도 없지."

봉일춘이 한숨을 내쉬었다.

사무진 이 운 좋은 놈은 대충 담을 넘어도 마교의 장로들을 만나 인생역전에 성공했는데 자신은 역시 복이 없었다.

이런 치매 노인들의 소굴에 떨어졌으니.

"넌 운이 좋은 놈이다."

"뭐가 운이 좋아요?"

"인생에 있어서 다시 찾아올 수 없는 기회를 얻었으니까."

"인생에 있어서 다시 찾아올 수 없는 불운을 겪고 있는 것 같은데."

슬쩍 빈정대 준 봉일춘이 다시 한숨을 내쉬고 입을 뗐다.

"쓸데없는 소리 말고 나가는 길이나 가르쳐 줘요."

"나가는 길은 없다."

"뭔 소리야? 저기 문 있구만."

이 치매 노인들과 더 대화를 나누다가는 정말 정신이 어떻게 될 것 같아서 봉일춘이 고개를 절레절레 흔들며 걸음을 옮기기 시작했다.

저 석문을 열고 나가면 나갈 수 있을 터였다.

하지만 봉일춘은 결국 문을 열어보지도 못했다.

스스로를 뇌마라 밝힌 노인이 주름진 손으로 봉일춘의 뒷덜미를 잡고 어디론가 질질 끌고 갔다.

"진짜 왜 이래?"

"네가 할 일이 있다."

"뜬금없이 할 일은. 그래, 어디 뭔지 들어나 봅시다."

"네가 할 일은……."

"……?"

"마교를 재건하는 것이다."

무서운 표정을 지은 채 이야기를 꺼내는 뇌마를 어이없다는 표정으로 바라보던 봉일춘이 잠시 뒤 코웃음을 쳤다.

마교를 재건하라니.

아까부터 느꼈지만 확실히 제정신이 아닌 영감들이었다.

"뭔 소리야? 마교가 요즘 얼마나 잘나가는데."

"……."

"정신들 차려요. 힘들어도 꿋꿋이 살고."

뇌마의 어깨를 두드리며 위로를 해주고 다시 걸어나가려 했지만, 봉일춘은 그 뜻을 이루지 못했다.

봉일춘을 억지로 눌러앉힌 뇌마는 기어이 손에 아까 옆구리를 찌르던 쇠꼬챙이를 쥐어주었다.

"이건 또 뭐야? 선물을 줄려면 좀 제대로 된 걸 줄 것이지."

"잘 들어라!"

"귀 안 먹었으니까 소리지르지 마슈."

"귀가 안 먹었다니 다행이군. 정확히 보름 뒤에 넌 이 쇠꼬챙이를 들고 호랑이를 상대해야 한다."

"아, 이 박복한 인생. 이게 아닌데. 진짜 마교의 장로들을 만나도 될까 말까 한 판국에 이런 정신 나간 영감들이나 만나고 있으니."

봉일춘이 손에 들린 쇠꼬챙이를 바닥에 내팽개치며 소리쳤다.

"근데 여기가 어디야?"

그리고 그 질문에 대한 답은 뇌마가 했다.

"혈마옥!"

하지만 이미 뒤통수를 얻어맞고 기절한 봉일춘은 그 대답을 듣지 못했다.

다시 대자로 뻗어버린 봉일춘을 둘러싸고 앉은 희대의 살인마들이 진중한 얼굴로 상의하기 시작했다.

"영 어리바리한데."

"너무 못생겨서 환환만화공을 가르치기도 힘들 것 같아."

"일단 눈썹부터 밀어야겠군."

"참을성이 없어서 오대극독을 먹고 견딜 수 있을지 모르겠군."

"이놈 가르쳐서 사람 구실하게 만들려면 십 년도 넘게 걸릴 것 같은데."

"그래도 우리에게 다른 방법은 없다. 하지만 하필이면 이런 놈을 내리시다니 하늘은 정말 무심하군."

입을 헤벌리고 기절한 봉일춘의 얼굴을 바라보며 굳은 표정을 짓고 있던 뇌마가 이를 꽉 문 채 되뇌었다.

"언제가 될지 모르지만 기다려라, 배신자!"

　　　　　*　　　　　*　　　　　*

덜컹덜컹.

흔들리는 마차였지만 유가연의 무릎을 베고 있으니 편했다.

그리고 아미성녀가 잘게 잘라서 입에 넣어주는 육포를 우적거리고 있던 사무진이 새끼손가락을 들어 귀를 후비며 히죽 웃었다.

"누가 내 욕 하나?"

『공동전인』終

가면의

눈매 퓨전 판타지 소설

레온

the Mask of Leon

**중원을 공포로 떨게 만든 희대의 악마, 혈마존.
그의 영혼이 기억을 잃은 채 차원 이동을 한다.**

한 소년과 몸이 바뀐 후 깨어난 혈마존.
기억은 지워지고 싸가지없는 본성만 남았다!
욱할 때마다 튀어나오는 살벌한 말투와 그의 독자 무공.

'아, 나는 왜 이렇게 성격이 더러운가?
어째서 이리도 잔인한 기술을 알고 있는 것인가? 착하게 살고 싶다.'

살인광이었던 그가 전혀 어울리지 않는 대신관이 되기로 결심한다.
하지만 그 본성이 어디 가나⋯⋯.

"이런 빌어 처먹을 놈들, 신전에서 봉사 활동 안 할래?"

유행이 아닌 자유추구 −
WWW.chungeoram.com
Book Publishing CHUNGEORAM

임준욱 장편 소설

무적자

WITHOUT MERCY

CHUNGEORAM SPECIALIST NOVEL

임준욱 장편 소설

무적자

WITHOUT MERCY

WITHOUT MERCY
청어람 창립 10주년에 걸맞는 장르문학 대표 특선작
왕의 귀환!! 장르소설계의 거장 임준욱,
그가 돌아왔다!

그의 이름은 임화평(林和平)이다.
이름처럼 살기를 소망했고 그렇게 살아왔다.
그를 건드리지 말았어야 했다.
조용히 살게 놔두었어야 했다.

"너희들 실수한 거야.
내 세상의 중심,
내 평안의 그거를 깨뜨린 거다.
세상 전부와도 바꿀 수 없는……
알게 해주마, 너희들이 누구를 건드린 건지."

그의 고독한 여정이 시작되었다.

─오, 바라타족의 아들이여. 언제든지 정의가 무너지고 정의가 아닌 것이
판을 치는 때가 되면 나는 곧 나 자신을 나타내느니라.
올바른 자를 보호하기 위하여, 악한 자를 멸하기 위하여, 그리하여 정의를
다시 세우기 위하여, 나는 시대에서 시대로 태어난다.

〈바가바드기타 중에서〉

유행이 아닌 자유추구 ─
WWW. chungeoram.com
Book Publishing CHUNGEORAM

팔선문

八門仙

정봉준 新무협 판타지 소설

『철산전기』의 작가 정봉준!!!
팔선문을 통해 또 다른 유쾌함을 선사한다!!

뛰어난 자질을 갖춘 팔선문의 대제자 유검호,
그의 치명적인 단점은 게으름과 의지박약!

천하제일마두의 기행에 재수없이 동참하게 된 의지박약아.
갖은 고생 끝에 가까스로 고향으로 돌아오다.

"무림? 그딴 건 개나 주라 그래. 나만 안 건드리면 돼!"

시간을 가르는 그의 행보에 무림이 뒤집어진다!!!

유행이 아닌 자유추구
WWW.chungeoram.com
Book Publishing CHUNGEORAM

War Mage

워메이지

김재한 퓨전 판타지 소설

사람들이 인식하는 상식의 세계 이면,
짙은 어둠이 드리워진 그곳에 사는 괴물들이 있다.

문명이 드리운 그림자 속에서, 전투기계들과
인간의 사념으로부터 태어난 마물들이 격돌한다.
마법과 주술이 난무하는 초현실적인 절장,
소년은 그곳에 서는 대가로 인생을 잃었다.
운명의 노예가 되어 가족과 인성을 잃어버린 소년, 진유현.

총염(銃炎)과 검광(劍光)이 뒤얽히는
어둠의 거리에서, 운명의 족쇄를 끊고 나온
소년의 눈이 살의를 발한다.

 유행이 아닌 자유추구 -
WWW.chungeoram.com
Book Publishing CHUNGEORAM